현실 엄마, 브런치로 나를 키우다

현실 엄마, 브런치로 나를 키우다

걷고 쓰는 워킹맘의 작가 도전기

초 판 1쇄 2024년 10월 24일

지은이 허진애
펴낸이 류종렬

펴낸곳 미다스북스
본부장 임종익
편집장 이다경, 김가영
디자인 임인영, 윤가희
책임진행 김은진, 이예나, 김요섭, 안채원, 장민주

등록 2001년 3월 21일 제2001-000040호
주소 서울시 마포구 양화로 133 서교타워 711호
전화 02) 322-7802~3
팩스 02) 6007-1845
블로그 http://blog.naver.com/midasbooks
전자주소 midasbooks@hanmail.net
페이스북 https://www.facebook.com/midasbooks425
인스타그램 https://www.instagram.com/midasbooks

© 허진애, 미다스북스 2024, *Printed in Korea*.

ISBN 979-11-6910-868-3 03810

값 18,000원

🏃 **미다스북스**는 다음세대에게 필요한 지혜와 교양을 생각합니다.

현실 엄마, 브런치로 나를 키우다

허진애 지음

걷고 쓰는 워킹맘의 작가 도전기

미다스북스

추천사

이 책은 평범한 엄마가 일상에서 이뤄낸 작은 기적의 기록입니다. 걷고 쓰는 시간을 통해 나만의 공간을 찾아 나가고, 자기 계발에 도전하는 모습을 통해 많은 부모가 깊은 공감을 얻게 될 것입니다. 매일 반복되는 일상 속에서 자신의 존재를 잃어버리기 쉬운 부모들에게, 이 책은 따뜻한 위로이자 응원의 메시지가 되어줄 수 있을 거라 믿습니다. 글을 통해 변화를 경험하고, 자신의 꿈을 향해 나아가는 모습은 그 길을 함께 했던 제게도, 이 책을 읽게 될 독자들에게도 용기와 희망이 되어주었습니다. 글쓰기가 변화의 도구가 되어 삶을 더 풍성하게 만들어 주는 과정을 담은 이 책은, 오늘을 살아가는 모든 부모에게 따뜻한 자극제가 되기에 충분합니다. 특히 두 딸을 키우며 엄마로서, 직장인으로서, 그리고 자신만의 꿈을 가진 사람으로서 흔들리지 않고 나아가는 과정을 담담히 써 내려간 부분을 읽으면서는 지난 제 모습이 떠올라 잠시 멈춰야 했습니다.

'엄마 뭐 해? 브런치 해!'라는 질문에 웃음 짓는 저자의 모습은 우리에게도 물어봅니다. "나는 지금 무엇을 하고 있는가?" 그리고 그 질문에 답을 찾아가는 여정이, 우리 역시 무언가를 시작하고 싶다는 용기를 주죠. 이 책은 작은 실천들이 모여 더 나은 미래를 만들어 낼 수 있음을 보여줍니다. 이 책은 자신의 꿈을 위해 첫발을 내딛는 모든 분께 오랜 친구처럼 다가갈 것입니다. 그 길이 힘들고 더디더라도 함께 걸어가는 느낌을 받게 해주는, 따뜻한 위로와 희망이 담긴 한 권의 책을 다정히 추천합니다.

_이은경 부모 교육 전문가, '슬기로운초등생활' 대표

들어가는 글

어느새 마흔이 훌쩍 넘었다. 두 딸을 키우는 8년 차 워킹맘이다. 매일 출퇴근하며 지극히 평범한 일상을 살아간다. 직장과 집을 오가는 생활에 익숙해졌다. 신경 쓸 일이 일어나지 않는 게 좋으면서 걱정되었다. '아무것도 하지 않으면 아무 일도 일어나지 않는다'라는 말이 맴돌았다. 반복되는 일상에 머무르기 싫었다. 현재는 일을 다니지만, 직장이 나의 노후까지 책임져 주지는 않는다. 퇴사하고도 할 수 있는 일을 찾아야 했다.

자기계발에 관심이 많다. 막연히 부자가 되고 싶었다. 도서관에서 아이들 책을 빌리면서 내가 볼 도서도 같이 대여했다. 이동식 수레에 스무 권씩 담아 왔다. 갈 때마다 재테크에 관한 책을 빌렸다. 책은 꾸준히 대여했다. 빌렸다고 다 보는 건 아니지만 늘 주위에 두었다. 근근이 읽으면서 지금 무엇을 하면 행복한지 계속 찾아 나갔다. 잘하는 것보다 좋아하는 일을 찾고 싶었다.

매일 항상 같은 시간에 출퇴근한다. 시간이 빠르다. 분명 첫째가 어린이집 다닐 때 취업했는데 벌써 중2다. 아이들이 어릴 때는 키우는 맛이 있었다. 어느새 두 딸은 사춘기에 접어들었고 이제 엄마만을 찾지 않는다.

어린이집에 가고 난 후부터 숨통이 트였다. 드디어 나만의 시간을 가질 수 있었다. 아이가 어린이집에 간 사이 아르바이트를 하려고 했다. 여기저기 이력서를 냈는데 받아 주는 곳이 없었다. 시간만 허비했다. 그 시간에 간호조무사 자격증을 취득했다. 누가 일 나가라고 등 떠민 것도 아닌데 자발적으로 일자리를 구했다. 글쓰기는 나와 상관없는 일이었다. 게임이 더 재미있었고 한 잔의 술이 더 달콤하던 때였다. 그저 오늘의 일상을 살아 내기 바빴다. 뒤돌아볼 겨를이 없었다. 나는 무엇을 좋아하는지, 하고 싶은지도 몰랐다.

아이들 교육 때문에 보기 시작한 유튜브가 있다. 이은경 선생님의 〈슬기로운 초등생활〉이다. 아이들 교육은 물론 엄마들에게 운동과 독서도 권장하였다. 아이들 책 육아시키려다 내가 더 빠져들었다. 어느 날 [엄마 뭐 해? 브런치 해!]라는 프로젝트를 알게 되었고 글쓰기보다 이은경 선생님을 볼 수 있겠다는 생각에 덜컥 신청하였다. 6수 만에 브런치 작가가 되었고 본격적으로 쓰는 삶이 시작되었다.

평범한 워킹맘이 글쓰기를 시작했다. 자기계발 끝판왕이 책 쓰기라는 데 남의 일로만 여겼다. 쓰다 보니 점점 욕심이 났다. 나의 이름으로 된 책을 한 권 출간해 보고 싶었다. 쓰다 보면 그런 기회가 오지 않을까 싶어 내심 기대를 했다. 이렇게 쓰는 게 맞는가 싶으면서도 계속 썼다. 차곡히 글을 쌓아 올렸다. 나라는 사람이 '이렇게 살고 있어요'라고 작은 외침이 꿈틀댔다.

 본 책에는 현실을 살아가는 평범한 엄마가 걷고 쓰는 일상을 통해 일구어 낸 작은 변화들을 하나씩 그려 내 보았다. 꾸준히 해 온 걷기로 흔들리는 마음을 다잡는다.

 어느새 훌쩍 커 버린 사춘기 딸들을 보고 있으니 아이들의 어린 시절이 그립기만 하다. 그리워하는 시간보다 지금을 더 소중히 여기며 여전히 딸들과 투닥거리는 일상을 보낸다. 나만의 시간을 사수하며 하루하루 소중한 일상을 담아 낸다. 아이들이 몸도 마음도 성장하는 동안 엄마도 나를 위한 운동과 쓰기 루틴을 놓치지 않는다. 글을 쓰지 않았다면 경험하지 못했을 일들을 담아 냈다.

 하나의 목표가 생기면서 매일 마시다시피 한 술을 멀리했다. 건강 문제가 아닌 오로지 나의 의지였다. '할 수 있을까' 보다 하고 싶은 일이 먼저였다. 처음부터 출간을 목표로 금주한 건 아니었다. 자괴감이 들었다. 내가 생각해도 너무하다 싶을 만큼 마셨다. 매일 글을 쓰지 않았다면 지금도 밤마다 술잔을 기울이며 당장의 쾌락을 만끽했을지도 모른다. 건강하게 술을 마시기 위해 걷는다고 자부했다. 자부할 일이 아니었다. 결론적으로 하루가 멀다 하고 마시는 건 안 좋은 일이니까. 알코올중독에서 빠져나올 수 있었던 건 글을 쓴 덕분이었다. 남몰래 세운 목표가 있었으니 책 쓰기였다.

 어느 날 운명처럼 다가온 누군가로부터 출간의 꿈이 눈앞에 그려지기 시작한다. 의심을 확신으로 이끌어 주었다. 일상의 작은 변화를 시작으로 꿈이 현실이 되는 과정을 담아 내었다. 백지를 마주하는 일은 여전히 부담스럽지만 꿈을 이루기 위해서라도 써야만 했다. 현실이 꿈으로 이어지는 순간이다.

〈제1장〉

나의 공간이
절실히 필요할 때

1.
나라는 존재는 사라졌다

스물두 살에 남편을 만났다. 6년의 연애 끝에 결혼하였다. 1년 뒤 첫째가 태어나고 25개월 뒤 둘째를 낳았다. 처음부터 자녀 계획은 두 명이었다. 고민하지 않았다. 외동으로 키우면 오로지 나만 바라볼 것 같았다. 두 명은 어떡해서든 키울 생각이었지만 하나와 둘은 천지 차이라고 왜 아무도 이야기해 주지 않았을까. 하나는 발로 키울 수도 있겠다는 겁 없는 발언이 절로 생각났다. 첫째도 어린데 더 어린 아기가 태어났다. 모유 수유 덕분에 통잠을 자는 건 사치였다. 잠 한번 푹 자 봤으면 하는 게 소원이었다. 수시로 배가 고픈 아기 덕분에 낮과 밤은 구분이 없었다. 밤새도록 통잠을 자는 소원은 둘째가 네 살 무렵이 되었을 때 이루어졌다.

결혼 전에는 유모차에 아기가 지나가도 눈길조차 주지 않았다. 그랬던 내가 태교로 아기 이불과 신발도 만들었다. 아기가 새벽에 울면 자다가도 벌떡 일어났다. 무엇을 원하는지 알 수 없어 젖도 물려 보고 기저귀도 보았다. 언제 뒤집을지 모른다. 돌아서면 이상한 걸 주워 먹을지 몰라 한시도 눈을 뗄 수가 없었다. 얼굴은 물론 온 전신에 밥풀 묻혀 가며 이유식 먹는 모습이 사랑스럽다. 처음 걸음마 하는 순간이 감격스럽다. 아이의 매 순간을 놓치기 싫었다.

아이는 게으른 나를 움직이게 했다. 이유식도 큰아이 때 한번 배달하고는 둘째까지 손수 만들어 먹였다. 요리 솜씨도 없는 내가 음식에 간을 하지 않으니 자신감이 샘솟았다. 오로지 영양만을 위한 음식이었다. 놀이터에 가거나 외출할 때면 소고기야채전을 만들었다. 공원과 놀이터에서 살다시피 했다. 집에만 있으면 사회성이 길러지지 않을까 봐 말도 못 하는 아이를 데리고 문화센터에 데리고 다녔다.

아이가 있었기에 평생 경험할 수 없는 행복과 긴장감을 동시에 가질 수 있었다. 아기는 엄마의 표정과 손길 한 번에 까르르 넘어간다. 이 모습을 보고 어찌 사랑하지 않을 수 있을까. 신문지에 잠시 얼굴을 가리기만 해도 세상 다 잃은 표정이다. 어떻게 지켜 내지 않을 수 있을까. 내가 뭐라고 이 세상 전부인 양 나만 바라보고 있다. 주는 것보다 받는 사랑이 더 큼을 느낀다. 어깨가 무겁다. 사랑엔 책임이 따른다. 내가 해 줄 수 있는 건 먹이고 재우고 놀아 준다. 한 번 더 눈 마주치며 웃는다. 천사 같은 미소를 외면할 수 없다. 세상에 하나뿐인 소중한 내 아이다. 부모가 되는 것은 생각보다 더 큰 축복이다.

큰아이가 35개월 되었을 때 처음으로 어린이집에 갔다. 그때 둘째는

10개월이었다. 말은 좀 해서 보내야 할 것 같았다. 등원하기 전까지 두 아이를 돌보는 건 오로지 나의 몫이었다. 내년이 되면 보내려고 미리 상담하러 갔던 날, 한 자리가 비었다며 지금 보내도 된다는 원장님의 말에 솔깃하였다. 유혹을 뿌리치고 다음 해 되는 3월, 첫 등원을 하였다. 2주 동안 적응하는 시간을 가졌다. 2주 뒤 오후 세 시에 데리러 가는 시간은 눈 깜짝할 새였다. 어린이집 바로 옆에 놀이터가 있었다. 참새가 방앗간을 그냥 지나치지 못한다. 첫째는 하원을 함과 동시에 바로 옆 놀이터로 다시 등원했다. 네 시, 다섯 시, 여섯 시가 지나도 집으로 갈 생각을 하지 않는다. 이런 기간이 길어졌다. 자연스럽게 둘째는 유모차에서 이유식 먹는 날이 늘어났다. 야외에서 먹는 밥은 꿀맛이었는지 더 잘 먹었다. 언니는 뛰어놀고 돌이 지난 둘째도 슬슬 걸음마를 시작했다. 놀이터에서 생활하는 날이 늘어났다. 둘째도 네 살이 되었을 때 언니와 같은 원에 등원했다. 그 후로 놀이터 생활은 더욱 열을 올렸다. 하원을 하면 많이 놀 때는 일곱 시까지도 놀았다. 친구들이 있었기에 가능했지만 없어도 놀았다. 그네도 한몫했다. 딸아이는 특히나 그네를 더욱 좋아했다. 한번 밀기 시작하면 팔에 근육이 붙을 때까지 무한대로 밀어야 한다. 그 덕분에 일찌감치 그네를 정복할 수 있었다. 다섯 살 때 아이는 스스로 그네를 탔다. 다른 엄마들이 일곱 살이 넘어서도 밀어주는 그네를 조금 떨어진 곳에서 지켜볼 수 있었다. 아이들이 학교 입학을 하기 전까지 놀이터 생활은 끊이지 않았다. 그렇다고 초등학생 때 놀지 않은 것은 아니다. 다른 지역으로 여행을 가더라도 놀이터는 꼭 들렀다. 원 없이 놀았다. 이때 아니면 언제 뛰어놀 수 있을까. 다른 아이들이 학습지를 풀고 학원을 다닐 때 두 딸은 어두워질 때까지 뛰어다녔다. 체력을 길렀다. 아무런 걱정 없이 뛰어놀았다. 그 순간만큼은 미래의 걱정 따위 하지 않았다. 건강하게 자라는 아이들이 고맙기만 했다. 많이 뛰어논 만큼 집으로 오면 밥투정도 없었다. 부족한 요리 솜씨라도 잘만 먹어 주었다. 나중에 어렸을 때 못 놀아서 한이 된다는 소리 들을 일은 없겠다.

이때만 해도 남편의 퇴근은 아홉 시였다. 독박 육아였다. 엄마는 모든 걸 품어 줘야 하는 줄로만 알았다. 나를 위한 시간을 낼 줄 몰랐다. 당장 내가 숨 쉬는 방법을 찾지 못해 이유 없이 울어 대는 아이들을 애써 외면하며 밀쳐 내기도 했다. 하나도 아닌 두 아이가 동시에 울어 대면 잠시나마 붙어 있던 정신줄도 놓아 버렸다. 답답한 마음에 솟구치는 화를 주체하지 못했다. 아이의 등짝을 때려도 보고 어르고 달래 보기도 하며 같이 울기도 했다. 울면 조금 나아질까. 그때는 엄마가 행복하면 아이도 행복하다는 말을 알지 못했다. 무작정 엄마가 되었다. 다들 그렇게 잘만 키워 내는 줄 알았다. 낳으면 저절로 크는 건 없었다. 그나마 붙어 있는 모성애마저 사라질 뻔했다. 내 앞에 작은 아기가 있는데 우리로 인해 태어난 아이를 모른 척할 수 없었다. 아이는 예뻤지만, 몸과 마음이 늘 같을 순 없다. 의욕만 앞서고 서툴기만 했다. 지금 아니면 언제 이런 사랑을 줄 수 있을까 또 받을 수 있겠냐는 생각은 하지 못했다.

유아기만큼 중요한 시절이 또 있을까. 지나고 보니 그때 가장 많이 웃었고 가장 행복했었다. 그런 일상이 당연한 줄 알았다. 어느 순간 내 눈앞엔 서늘한 바람이 분다.

아이는 존재 자체만으로도 빛이 났다. 이 시기는 잡을 수도 잡히지도 않는다. 나보다 더 많이 예뻐하고 사랑해 주어야 할 유일한 때이다. 물고 빨아도 모자랄 시간이다.

아이를 낳는 순간 나라는 사람은 엄마라는 이름을 얻는다. 존재만으로도 눈부시고 아름다운 내 아이에게 한눈을 파는 순간 나라는 존재는 사라진다. 괜찮다. 하나의 생명을 키운다는 건 고귀한 활동이다. 책임을 진다는 뜻이다. 몸도 마음도 지쳐가지만 견뎌 내야 한다. 아니 견딜수 있다. 아이가 엄마를 바라보는 순간은 반짝일 만큼 짧다. 이때만큼은 아이에게 쏟아부어도 된다. 내 아이니까 키우는 거다. 내 자식이니까 더 사랑스러운 법이다. 자녀라는 단어 하나에 엄마는 움직이기 시작한다.

2.
온전히 너를 위해 살았다

아이들이 초등 고학년에 들어서면서 나를 위한 시간도 생겼다. 지금에서야 생각나지만 두 아이를 어린이집에 보내고 책이라도 읽을걸, 블로그에 글이라도 한 줄 적을걸이라는 하지 못한 일에 후회가 든다. 그렇다고 허투루 보내지만은 않았다. 온전히 아이들을 위해 살았다. 아침에 눈을 뜨는 순간부터 자기 전까지 모든 일과는 두 딸과 함께였다. 아이가 어릴수록 엄마는 욕심이 많아진다. 하나를 배우면 스펀지처럼 흡수하는 아이 모습에 엄마는 설렌다. 영재인 줄 알았다. 그 생각은 오래가지 못했다.

첫째가 걸음마를 떼고 문화센터를 다녔다. 지하철로 세 정거장만 가면 된다. 유모차에 태워 사람 구경하며 이곳저곳 많이도 걸어 다녔다. 유모차만 있으면 공원과 시장 어디든 다녔다. 둘째가 태어나고 첫째와의 행복한 일대일 데이트도 끝이 났다. 전쟁이 따로 없었다. 하나 울면 또 하나 울고 수습이 되지 않았다. 답답해서 나도 울고 세 명이 동시에 울어야 끝이 났다. 아이는 예뻤지만 예쁜 것과 잘 키우는 것은 달랐다.

철도 없고 육아 방법도 몰랐던 그때 두 딸과 나는 같이 자랐다. 겨우 만세 살이 넘은 첫째를 둘째로 인해 바로 어린이집에 보낼 수는 없었다. 10개월 동안 우리는 한 몸처럼 붙어 지냈다. 하나와 둘은 천지 차이지만 이때 모성애가 가장 불타오르던 시기였다.

아이가 자라면서 부모는 해 주고 싶은 것이 점점 많아진다. 그러기엔 외벌이의 작디작은 월급으로 물심양면 모든 걸 해 줄 수 없었다. 일반 어린이집도 매달 들어가는 비용이 만만치 않다. 영어유치원은 꿈도 못 꿀 일이다. 다행히 집 근처 국공립어린이집이 있었다. 비용 절감에도 최적화된 곳이다. 아이들을 믿고 맡기기에도 충분했다. 학교를 입학하기 전까지 유치원 한번 보내지 않아도 배려 깊은 선생님들 덕분에 밝고 건강하게 자랄 수 있었다. 맛있는 것도 먹고 열심히 뛰어놀았다며 초등 고학년이 된 둘째는 아직도 가끔 어린이집 생활을 그리워한다.

국공립어린이집을 보내지만, 영어는 시키고 싶었다. 매달 영어 교재와 DVD는 살뜰히 보여 주었다. 유치원에서는 한글 외에 영어뿐 아니라 다른 예체능까지도 배우는 것 같았다. 어린이집을 다녀도 학교 들어가기 전 한글은 뗐다. 어렸을 때부터 자연스럽게 놀이로 배우라는 말을 육아서에서 읽었고 주변에서 들었다. 내가 할 수 있는 선에서 최대한 영어를 접하게 해 주고 싶었다. 책 육아를 위해 한글 책도 시간 나는 대로 읽어 주었다.

언니들이 조카들에게 엄마표 영어로 한창 뒷바라지를 할 때였다. 그 때의 나는 학생이기에 내 생활하기도 바빴다. 엄마표 영어를 하는지 관심이 없었다. 우리 아이들이 태어나고부터 조카들이 듣던 영어 노래를 들려주었다. 언니에게 영어 DVD와 영어 동화책을 물려받아 읽어 주었다. 어린이집에서 받은 것도 병행했다. 등원하기 전에 EBS나 영어 만화만 보여 주었다. 영어 동화책을 일일이 읽어주는 건 한계가 있었다. 매일 읽어주는 게 버거워 다른 방법을 선택했다. 매일 영어 만화를 틀어주었던 것이 지금까지 가장 잘한 일이다. 읽어 주지는 못할지언정 보여 주고 들려주는 건 할 수 있었다. 아침에 자연스럽게 틀어 주던 영상이 지금은 둘째 아이가 영어 만화를 좋아하게 된 계기가 되었다. 집에서 한글 만화는 보여 주지 않았다. 아이들은 할머니 집만 가면 그렇게 만화영화를 본다. 지금도 우리 집 거실엔 TV가 없다. 큰방에 있다. 꼭 봐야 하는 프로그램이 있을 때만 보았다. TV를 볼 수 있는 유일한 방법은 영어 만화여야만 했다. 단순하지만 효과 있었다. 일반 만화를 보기 시작하면 영어 만화는 당연히 재미가 없다. 영어라면 치를 떨던 내가 아이들을 위해 영어를 틀었다. 멀리 가든 가까운 곳이든 차 안에서는 영어 동요를 틀어 주었다. 주입식 교육은 아이들이 저학년 때까지였다. 지금은 오히려 부모인 우리가 강제로 노래를 듣고 있다. 알고 싶지 않지만 어쩔 수 없이 최신 음악과 아이돌 그룹을 하나씩 알아가는 중이다. 부모가 아이에게 영어 동요를 세뇌시키듯 어느새 우리도 세뇌당하는 중이다.

6학년인 둘째는 쉬고 싶을 때 자연스레 영어 만화를 튼다. 핸드폰을 제한해 두는 방법도 한몫했다. 휴대전화를 사용하는 시간은 아직도 적지 않게 실랑이를 벌인다. 중학생인 큰아이보다 둘째라도 관심 있게 봐 주어 다행이다. 중간에 구태여 알아듣고 있는지 확인하지 않았다. 싫어하지만 않기를 바랐다. 어릴 적 내가 해 준 것은 실컷 뛰어놀게 해 준 것과 영어 만화 그리고 피아노 학원이었다. 한꺼번에 많은 교육을 시킬 형편도 안 되었지만 하나를 하더라도 오래 배웠으면 했다. 내가 해 줄 수 있는 선에서 꾸준히 하는 습관을 들이고 싶었다.

둘째가 돌 무렵 열 경기를 했다. 맥없이 축 처진 아이의 눈동자는 흰자만 보였다. 순간 눈앞이 깜깜했다. 119를 부를 새도 없이 아이를 둘러업고 뛰어나갔다. 얼굴도 모르는 퀵 서비스 아저씨의 오토바이를 무작정 얻어 탔다. 왼손은 아이를, 오른손은 퀵 아저씨의 허리를 꼬옥 붙들었다. 그때부터는 그저 건강하게만 자라 주기를 바랐다. 열심히 뛰어놀았다. 그 덕일까 감사하게도 크게 아프지 않고 건강하게 자랐다.

그때 온전히 아이들을 위해 살아온 내가 있었다. 이제는 지금의 나를 위해 시간을 내어 보려 한다. 직장을 나가기 전까지 아이들에게 집중했다. 충분히 뛰어놀았다. 엄마는 늘 놀이터에 아이와 함께였다. 늦게까지 뛰어논 아이는 밥도 잘 먹고 잘 잤다. 그때는 그래야 한다고 생각했다. 후회는 없지만, 그 시절 해맑았던 아이의 모습이 그리운 건 어쩔 수 없다. 온전히 너를 위해 살았다.

3.
어떻게 키워야 할까

아이만 낳는다고 엄마일까? 아이를 잘 키울 수 있을까? 그냥 알아서 크진 않겠지? 예전 부모님 세대는 처음부터 끝까지 하나하나 시행착오를 겪으며 아이를 키웠다. 요즘은 손가락 하나만 클릭하면 모든 정보가 홍수처럼 쏟아져 나온다. 한편으론 편하면서도 너무 많은 정보로 인해 혼란스러울 때도 있다. 내 아이를 키우는데 다른 사람의 육아 방식에 더 귀를 기울였다. 물어는 볼 수 있지만, 선택은 엄마가 해야 한다. 어린이집과 유치원을 고를 때도 모든 결정은 내가 내려야 했다. 일찍이 영어유치원을 보내는 집들도 흔치 않게 볼 수 있었다. 다섯 살까지 큰아이와 같은 반에 있던 아이가 여섯 살이 되던 해 영어유치원으로 옮겼다. 우리 아이도 보내고 싶은 마음이 있었지만, 나의 현실과 맞지 않았다. 월 백 이상의 비용을 지급하기엔 상상도 할 수 없었다. 보내지 못한 이유를 나의 교육관이랑 맞지 않는다고 결론 내렸다. 영어는 길게 봐야 한다. 내가 할 수 있는 선에서 꾸준한 노출만이 답이었다.

부모는 아이의 거울이라는 말을 실감한다. 엄마인 내가 어떤 말과 행동을 하느냐에 따라 아이는 그대로 따라 한다. 엄마가 먹으면 따라 먹고 화를 내면 같이 소리를 지른다. 큰아이가 동생에게 하는 말을 들으면 가끔 소름이 돋는다. 어디서 많이 들어 본 말투다. 신기하게 나쁜 건 잘도 따라 하면서 야채 먹고 책 보는 건 왜 그렇게 시간이 걸리는지 의문이다. 메시지가 있고 감동적인 글을 보는 것보다 자극적인 영상은 그대로 흡수가 된다. 엄마가 TV를 보지 않으면 아이들도 원래 그런 줄 안다. 실컷 보라 해 놓고 갑자기 끄는 건 성질만 돋울 뿐이다.

2024년인 올해 어느새 첫째는 중학교 2학년이고 둘째는 초등학교 6학년이 되었다. 몸이 힘든 육아는 끝이 났다. 언제 그랬냐는 듯이 내가 키운 건지 본인들이 알아서 큰 건지 정신을 차리고 보니 성장해 있었다. 돌아서니 앙증맞은 사진들만 남았다. 사진 속의 아이들은 해맑기만 하다. 앞으로도 수많은 선택과 결정이 기다리고 있다. 앞으로 엄마의 의견만으로 결정을 내릴 수는 없다. 성장한 만큼 아이들의 의견도 중요하다. 이제는 이래라저래라 해도 아닌 건 아니라며 부모의 말을 듣지 않는다. 언제까지 순종적으로 키울 수는 없다. 본인의 목소리를 내는 것이 못마땅하지만 한편으론 잘 크고 있다는 생각이 든다.

아이들이 태어나는 순간부터 엄마의 모든 선택이 아이의 삶에 크고 작은 영향을 끼친다. 지금도 여전히 부족한 엄마이다. 적극적으로 모든 걸 떠먹여 주지는 않는다. 어릴 때부터 양말은 스스로 신기를 바랐고 옷도 초등학교를 입학하면서부터는 엄마가 정해 주는 옷만은 입지 않는다. 양 갈래로 디스코 머리를 묶어 주는 아침은 없다. 머리도 알아서 묶는다. 가끔 입던 치마는 이제 바지만 입는다. 무엇이 자기에게 편한 건지 스스로 알아 간다.

두 아이의 등교 시간은 엄마의 출근 시간보다 이르다. 혹여나 지각할까 안절부절못하지 않는다. 한두 번 깨우고는 끝이다. 지각하면 어떤 일이 일어나는지 알려 주고 싶다. 아직 지각한 적은 없다. 벌점을 받으면 큰일 나는 줄 아는 첫째는 스스로 알람을 설정해 일어난다. 이제는 엄마의 손길이 닿지 않아도 알아서 일어난다. 스스로 기상하니 너무 편하다.

아이들이 할 수 있는 일은 혼자 하도록 기다리는 편이다. 학원을 결정하는 일도 먼저 등 떠밀어 보내는 것이 아닌 본인의 의지가 있어야 한다. 지금 당장 가지 않으면 큰일 날 것처럼 조급해하지 않는다. 사실 속내는 누구보다 급하지만, 티 내지 않았다. 나만 급하다고 해서 무조건 따라온다는 보장이 없다. 주변을 돌아보니 저학년 때부터 영어 수학은 기본이며 예체능까지 최소 두 개 이상의 학원에 다니기 시작한다. 큰아이가 일곱 살 때 직장에 나갔다. 아이 공부에 신경은 못 써 주었지만 무엇을 해야 하는지는 알려 주었다. 더도 덜도 말고 독서와 매일 수학 두 장만은 풀어 주기를 바랐다. 많은 걸 바란 건 아닐 텐데 이마저도 하지 않은 날이 더 많았다. 지금도 늘 얘기한다. 하고 안 하고는 너의 선택이지만 자기 인생은 누구도 책임져 주지 않는다고 말한다. 아는지 모르는

지 흘려보내기 일쑤다. 잊을 만하면 다시금 못을 박아 둔다.

내가 학창시절 때 부모님도 맞벌이였다. 그때 엄마는 왜 나에게 열심히 공부하라고 시키지 않았을까. 그래서 공부를 하지 않은 것을 엄마 탓도 해 보지만 결국은 내가 안 한 거다. 이제는 누구의 탓으로 돌리지 않는다. 지금 내가 책을 읽고 글을 쓰는 것도 오로지 내가 결정한 일이다. 이제 와서 과거에 공부 안 한 걸 후회해 봤자 시간만 낭비일 뿐이다.

공부만큼 체력도 중요하다. 아이들에게 공부해라 운동하라고 말하기 전에 내가 먼저 글 쓰고 걸으러 나간다. 시키기 전에 나부터 당연시한다. 그래야 하나를 시키더라도 당당히 말할 수 있다. 엄마는 하지 않으면서 아이에게 이거 해라 저거 해라 하지 못한다. 두 딸은 엄마가 학창시절에 열심히 공부하지 않은 걸 안다. 할머니는 엄마에게 공부하라고 강요하지 않았다며 얘기해 주었다. 이걸 부러워하면 의견은 존중해 주되 앞으로 일어날 일도 알아서 책임지면 된다고 말해 준다. 스스로 공부하고 싶은 아이는 없다. 인생에 공부보다 더 중요한 것이 있지만 공부도 때가 있다는 사실을 알려 주고 싶었다. 공부는 평생 해야 할 숙제임을 나란 사람도 마흔이 넘어서 알게 되었다. 뒤늦게 알게 된 만큼 하루하루 시간이 너무나도 소중하다.

엄마로서 아이들에게 무엇을 해 줄 수 있는지 생각해 본다. 지금 내 자리를 묵묵히 지켜 내는 것이다. 옆에 있는 것만으로도 큰 안정감이 되어 줄 거라 믿는다. 나의 부모님이 늘 그 자리에 있어 주듯이 나도 우리 아이들 곁을 지켜 주고 싶다.

어느새 훌쩍 커 버린 아이들은 점점 본인의 목소리를 높인다. 스스로 할 줄 아는 게 많아졌다. 각자의 할 일을 해 나간다. 엄마가 거실에서 독서 하며 글을 쓴다는 걸 두 딸은 알고 있다. 아이들을 잘 키우기 위해서는 나부터 배우고 익힌다. 내가 하고 싶은 일에 몰두한다. 엄마에겐 본업 외에 작가라는 부캐가 있다. 엄마의 역할은 물론 작가의 부캐도 지켜 내려 한다. 두 가지 다는 힘들겠지만 욕심내고 싶다. 독서 하며 글을 쓰는 모습을 보여 준다. 나를 위한 시간을 만든다. 두 딸은 몸도 마음도 무럭무럭 자라고 있다. 아이들은 제 몫을 해 가며 성장하는데 엄마인 내가 일에만 찌들어 불평하는 모습을 보여 주기 싫었다. 아이들 옆에서 묵묵히 내 할 일을 하며 건강하게 있어 주는 것이 나의 임무다.

4.
나의 공간이 절실히 필요할 때

　퇴근 후 저녁 먹고 걷는다. 샤워하고 거실 테이블에 앉는다. 글 한두 줄 적다 보면 어김없이 둘째가 나타나 안고 뽀뽀를 한다. 초6인 딸이 아직 엄마를 찾아오는 게 고마우면서도 한편으론 얼른 잤으면 하는 바람이 컸다. 이제 겨우 내 시간 좀 가지려는데 짜증이 밀려오기도 했다. 아이와의 시간이 소중하다는 걸 알면서도 생각과 다르게 반응이 나온다. 아이가 자라는 시간도 내가 원하는 시간만큼 금방 사라진다. 글을 쓸 수 있는 이유도 무사무탈하게 자라 주는 딸들이 있기에 가능하다는 것을 잊지 말아야겠다.

　1년 전 이사를 오기 전까지만 해도 나만의 공간이 있었다. 그때도 방은 세 개였다. 안방과 나머지 작은 두 방은 무늬만 아이 방이었다. 책장과 옷장만 있었다. 두 딸이 저학년이었을 때라 주로 거실에서 생활했다. 창고 수준이었던 작은 방에 책상을 넣어 나만의 공간을 만들었다. 한 사람만 누워도 문이 겨우 닫힐 만큼 작은 공간이었다. 혼자 조용한 시간을 보낼 수 있는 것만으로도 행복했다. 그때는 지금처럼 글을 쓰지 않았다. 그저 무언가 해야겠다는 마음을 먹었던 때다. 22년도에 514챌린지를 하며(1년간 매달 14일 동안 새벽 5시에 일어나 김미경 학장님의 강의를 들었다) 새벽에 일어나 독서하고 운동을 했다. 강의를 듣고 블로그에 기록했다. 이 시간이 소중했다. 이때만 해도 큰방에서 다 같이 잤다. 자는 시간 빼고 나머지 모든 활동은 거실에서 이루어졌었다. 나의 공간을 방해하는 이는 없었다.

작년 봄 이사를 한 후 거실은 전보다 작아졌지만, 아이들 방은 부족함 없이 채워 주었다. 그렇게 원하던 각방에 침대를 넣어 주었다. 넓은 책상과 옷장까지 넣어 주니 온전한 개인 방이 갖추어졌다. 이제는 숙제든 독서든(제발) 모든 걸 본인 방에서 해결할 수 있다. 둘째의 방은 예전보다 두 배나 넓어졌다. 또다시 욕심나는 공간이다.

문제는 이사한 후 나만의 공간이 없어진 거다. 둘째에게 방을 내어 주고 나니 덩그러니 낙동강 오리 알 신세가 되었다. 어쩔 수 없이 거실에 있는 6인용 테이블을 나의 책상으로 사용 중이다. 튼튼한 3단 원목 책장도 마련했다. 자주 보는 책과 노트, 연필꽂이 등 아기자기한 소품들을 곁에 두었다. 개인 노트북까지 올려놓았다. 누가 봐도 내 책상이다. 안타깝게도 모두의 자리이기도 하다. 이곳에서 다 같이 밥도 먹고 이야기도 한다. 가끔 보드게임도 한다. 엄마가 앉아 있으면 무엇이든 들고 나와 테이블에 옹기종기 모여 앉는다. 밥을 먹을 때마다 노트북과 독서대,

쌓인 책들을 한쪽으로 정리를 해야 했다. 거실이랑 주방의 경계선이 뚜렷하지 않아 밥만 먹는 식탁을 두기엔 자리가 좁다. 식탁을 두면 통로가 막힌다. 이사를 왔을 당시엔 TV를 거실에 두었다. 거실 창가 옆 6인 테이블에서 밥도 먹고 TV도 보는 다용도 공간이 되었다. 아이들은 각자의 방이 있지만, 특히나 둘째가 더 자주 나온다. 거실 테이블을 사용하고 바로 치우는 것도 아니다 보니 내 책상(?) 아니, 만능 책상에는 늘 물건이 놓여 있다. 저녁에 앉으려고 하면 가끔 남편이 내 자리를 떡하니 차지하고 있다. 암묵적인 눈빛을 쏘아 대면 슬그머니 비켜나기도 한다.

목요일이 오기만을 기다린다. 남편은 출근하고 두 딸은 등교했다. 이시간이 더욱 기다려지는 이유가 있다. 일주일에 한 번이다. 집에 아무도 없다. 혼자 고요히 쉴 수 있는 유일한 휴무 날이다. 더 간절히 기다려질 수밖에 없다. 큰방보다는 거실의 햇살이 더 포근하다. 등 뒤로 내리쬐는 햇살에 기대어 앉아 있는 이 시간이 너무나 소중하다. 나를 찾는이가 없다. 아무 소리도 들리지 않는다. 이 적막함이 그리웠다. 타닥거리는 키보드 소리만 들린다. 카페로 걸어 나가는 1분 1초가 아까울 만큼이대로 시간이 멈추었으면 했다. 그 마음을 아무도 헤아려 주는 이 하나없이 무심하게도 시간은 잘만 흘러간다. 숨만 쉬어도 시간은 흐른다. 한달에 고작 네 번 찾아오는 날이기에 더욱 절실하게 다가온다. 그야말로달콤한 휴무일은 눈 깜짝할 사이 지나가 버린다.

글쓰기 줌 수업이 있는 날. 거실에서 실내 자전거를 타고 있는 남편을 피해 다시 큰방으로 노트북을 옮긴다. 오늘도 큰방과 거실을 오가며 나만의 공간을 찾아 어슬렁거린다. 이제는 좀 정착하고 싶다가도 그 마음이 닿아 어디서든 글쓰기를 이어 갈 수 있길 바란다.

결국은 돌고 돌아 새벽 기상만이 답인가. 나만의 시간과 공간은 원하면서 정작 몸이 말을 안 듣는다는 이유로 연신 미루고만 있다. 새벽 여섯 시만 되면 누가 나를 밟고 있는 것 같다. 악마는 새벽 시간만 되면 더욱 왕성하게 활동한다. 악마의 속삭임마저 외면할 수 있는 것도 나여야만 한다. 누가 뭐라 해도 결국 답은 내가 가장 잘 알고 있다. 생각만 하고 움직이지 않는 한 결국은 쳇바퀴처럼 제자리만 맴돌게 된다. 원하지만 움직이지 않으면 아무 소용없다. 징징거리는 시간이 늘수록 아까운 시간만 낭비하게 된다. 꼭 새벽이 아니라도 한 시간, 단 30분 만이라도 출근 전 나에게 집중하는 시간을 가져 보기로 한다.

공식적인 나의 자리인 거실 테이블에서 글을 쓴다. 오늘도 어김없이 남편과 아이들은 내 주위를 배회한다. 6학년인 둘째가 조용하기만을 기다린다. 어수선한 이 시간이 감사하면서도 글을 쓰기로 마음먹을 땐 온 신경이 곤두선다. 이런 시간이 쌓일수록 514챌린지를 했던 때가 그리워진다. 다시 돌아가고 싶지만 방법은 없다. 그 시간을 다시 찾는 수밖에. 간절하면 이루어진다는데 아직 새벽 시간이 그리울 만큼 절박하지 않은가 보다. 새벽이든 밤이든 쓸 수 있을 때 조금이라도 끄적인다. 집에서 쓸 수 있는 시간만 주어진다면 책상 하나 아니, 바닥에 앉아서 뭐라도 기록하는 시간을 가진다. 지금을 적고 미래를 적는다. 오늘이 지나면 어제는 잊힌다.

독서를 하면서 자연스레 혼자 있는 시간이 좋았다. 글쓰기를 할수록 나의 자리를 만들고 싶어졌다. 워킹맘으로 보내는 날이 늘어날수록 드는 의문이 있었다. 언제까지 일을 해야 하는지, 나를 위한 시간은 있는 건지, 지역 맘카페의 글은 궁금하지만 알고 나면 공허했다. 의미 없이 보내는 시간이 아까웠다.

왜 나만의 공간을 가지고 싶은지 생각한다. 생각할수록 더 원하게 된다. 공부하는 학생에게만 방이 필요한 건 아니다. 엄마에게도 시간과 공간이 필요하다. 다이어리와 필기도구, 책장에 한 권씩 늘어나는 책을 보며 다시 한번 마음을 다잡는다. 그 자리에서 미래를 꿈꾼다. 하고 싶고 되고 싶은 것만을 생각한다. 늘 거실에 망부석처럼 앉아 글을 쓰는 엄마를 보면서 두 딸도 무언가 느꼈으면 한다. 거기까진 욕심일 것 같다. 엄마가 하는 대로 아이들은 보고 자란다는데 시간이 꽤 걸릴 것 같다.

이미 원하는 것이 있다면 공간은 중요하지 않다. 장소가 어디든 엄마는 읽고 쓰는데 몰두할 것이다. 방 한구석 책상만 있더라도 나의 공간이 될 수 있다.

둘째에게 "올해 어머니가 책을 낼 수 있을까?"라며 툭 내뱉었다. 영혼

없이 할 수 있다고 해 주는 말에도 힘이 났다. 거실에서 꿈만 꾸는 것이 아닌 꿈이 이루어지는 과정을 보여 주고 싶다. 나만의 공간이 반드시 있어야 하는 이유다. 장소가 어디든 그곳이 내가 성장하는 공간이다. 오늘은 거실이다. 나의 공간이 절실히 필요할 때이다.

거실에 있던 TV를 큰방으로 옮겼다. 남편도 좋고 아이들도 공부에 집중할 수 있게 되었다. 아이들과 한마디라도 더 나눌 수 있는 공간이 생겼다. 비록 엄마가 글쓰기 강의를 듣는 시간조차 조잘거리기도 하지만 나의 공간을 포기할 수는 없다. 오늘도 부캐(작가)를 본캐로 바꾸기 위한 큰 그림을 그리며 거실과 둘째 방을 기웃거린다. 이젠 나의 자리가 없다며 투덜대는 시간조차 아깝게 느껴진다. 고민도 잠시, 일단 어디든 눌러앉자. 그곳이 나의 자리며 미래를 결정짓는 유일한 공간이다.

5.
청소보다 더 중요한 것

　결혼 후에도 직장을 다녔다. 첫째가 뱃속에 6개월이 되었을 때 갑자기 배가 아파 일을 그만두었다. 상체를 많이 쓰는 애견 미용을 하고 있어 더는 무리하게 개를 다룰 수 없었다. 결혼하고 1년 6개월 만에 전업주부가 되었다. 15평 복도식 아파트에 신혼집을 차렸다. 둘만 살기에는 불편하지 않았다. 낮에는 둘 다 직장을 다녔고 저녁과 주말만 잠시 지냈던 공간이었다. 신혼 초에는 물건이 많이 없었지만 살림살이는 하나씩 늘어났다. 그해 겨울 아기용품도 자리를 차지하기 시작했다. 거실 겸 안방은 한 집 걸러 있다는 국민 문짝 러닝 홈 장난감만 있어도 비좁아 보였다.

　신혼집에서 2차선 도로만 건너면 시어머니댁이었다. 시어머니는 자주 우리 집에 오셨다. 손녀 목욕도 시켜 주고 먹을 것도 들고 오셨다. 부엌 정리를 해 주다가도 냄비 하나 들고선 넣을 공간을 찾았다. '작긴 작네.'라고 하였다. 이 집에선 더 물건을 늘릴 수 없었다. 아이도 점점 자랄 것을 생각해서 이사를 고민하던 참이었다.

　둘째 언니가 사는 집 2층으로 이사를 오게 되었다.　이때는 남편도 매일 늦게 퇴근했다. 혼자 아기를 보며 몸도 마음도 지칠 때였다. 혼자 있으면 우울증에 걸릴 것 같아 내린 오로지 나의 선택이었다.

주택은 여름에 덥고 겨울에 추웠다. 그래도 아래층엔 언니가 있어 심적으로 든든했다. 복도식 아파트보다 방도 하나 더 생겼고 거실도 따로 있다. 싱크대와 수납장도 넓어졌다. 평수가 커진 만큼 더 채워지고 있었다. 이때는 바쁜 남편을 대신해 물건으로 모든 게 채워지길 바랐던 것 같다. 그렇다고 돈을 흥청망청 써 가며 새로운 물건을 사들이진 않았다. 집에 있는 아이들 옷과 장난감, 책 대부분을 물려받았다. 아이도 이제 걸음마 할 시기인데 이때는 초보 엄마로 의욕이 넘쳤을 때다. 이사를 하고 다음 해 둘째가 태어났다. 어느새 아이는 두 명이다. 25개월 두 살 터울이었다. 해야 할 일은 점점 늘어났다. 안 그래도 요똥(요리똥손)인 내가 첫째의 일반식과 둘째의 이유식을 동시에 챙겼다. 둘째가 태어난 후 10개월을 두 아이와 24시간 내도록 붙어 있었다. 이때 최고의 모성애가 꽃 피울 시기였다. 한 번의 배달 이유식 외엔 사 먹인 적이 없었다. 아이들은 눈을 떼지 못할 만큼 예뻤고 눈을 떼고 싶을 만큼 혼자 있고 싶었다. 돌아서면 먹어야 하고 돌아서면 같이 놀아야 했다. 아이들이 잠이 들면 같이 쉬어야 하는데 그 시간이 아깝게 느껴졌다. 그렇다고 아이들이 깰까 봐 청소도 마음 놓고 하지 못한다. 어차피 치워 봤자 얼마 안 가서 또 어질러질 게 뻔하다.

손에 닿는 모든 건 꺼내야 직성이 풀리는 첫째다. 물티슈 뽑기가 취미인 듯 쏙쏙 빠져나오는 손맛을 알아 버렸다. 한번 뽑기 시작하면 줄줄이 나오는 물티슈를 예쁘게 정리할 수 없었다. 마르지 않도록 비닐봉지 안에 쑤셔 넣었다. 조용하면 불안하다더니 서랍장은 온종일 열려 있었다. 큰딸 덕분에 옷 개는 속도가 빨라졌다. 넣으면 빼고 넣으면 또 연다. 부엌을 지나 나오는 뒷방은 발로 장난감을 쓱 밀어야만 지나갈 수 있었다. 날이 갈수록 치우나 마나 한 상황이 반복되었다. 그렇다고 안 치울 수도 없다. 잠은 자야 하고 밥은 먹어야 한다. 두 아이가 안전하게 걸어 다닐 수 있도록 작은 물건들은 밟지 않도록만 치워 두었다.

정리 정돈이 몸에 밴 사람이 아니다. 돌아서면 수시로 치우는 부지런 따위는 없었다. 둘째가 네 살이 되던 해부터 어린이집을 다녔다. 이게 무슨 일인가. 오전에 아무도 없다. 나 혼자다. 들리는 거라곤 TV 소리와 나의 움직임이 다였다. 좋아하는 마음을 만끽하는 시간도 잠시뿐. 오전 시간은 해도 티 안 나는 집 정리를 하고 좀 쉬다 보면 하원할 시간이었다. 나를 위해 무언가를 해 봐야겠다는 생각은 하지 못했다.

6학년 둘째가 말하기를 어린이집 다닐 적에 집에 오면 엄마는 항상 청소기를 돌리면서 "지온이 왔나?" 하며 밝게 인사를 했었단다. 간혹 이 이야기를 꺼내는 이유가 집에 엄마가 있어서 좋아서인지 그나마 깨끗하게 정리된 모습이 기억에 남은 생각이 든다. 지금은 그때와는 상황이 많이 달라졌다. 아이들도 훌쩍 커 버렸고 하교하고 집에 오면 더 이상 집에만 머무르는 엄마도 없다.

둘째를 어린이집을 보낸 후 6개월 동안 집안일이 나와 맞지 않는다는 걸 알았다. 아이들이 어릴 때 청소를 하긴 했어도 매일 쓸고 닦지는 못했다. 우리 아이들이 지금까지 크게 아프지 않고 잘 자란 이유는 게으른 엄마 덕인 것 같다. 겨울에 의도치 않게 주택의 외풍과 싸우며 강하게 자랐다. 바깥 기온과 집안 온도가 별반 차이가 없어서일 수도 있다. 매일 쓸고 닦지 않은 덕에(?) 면역력이 튼튼해졌을 거라 믿는다. 아이러니하게 주위를 둘러보니 매일같이 쓸고 닦고 유독 청결에 신경 쓴 가정의 아이들이 더 자주 아팠다. 집안의 온도가 높아도 바깥에 나가면 쉽게 감기에 걸릴 수 있다. 최소 네 집이 그러했다. 네 집 엄마들은 공통적으로 깔끔했다. 아이들이 자주 열감기를 앓았다. 우연이 반복되니 확신으로 다가왔다.

오늘 청소가 끝나면 내일의 청소가 기다리고 있다. 그렇게 깔끔한 성격도 아니면서 왠지 집에만 있으니 청소라도 해야 할 것 같았다. 아이가 어릴 때는 늘 바닥이 어질러져 있었다. 두 딸이 잠들고 나면 대충 정리를 해 둔다. 어차피 내일 되면 언제 그랬냐는 듯이 빠른 속도로 원상복구가 된다. 해도 해도 끝이 없는 집안일에 답이 없다는 걸 알게 되었다. 정리만 하고 살 수는 없었다.

사춘기 아이가 있는 집엔 이제 장난감이 나뒹구는 일은 없다. 얼른 본인 물건 치우라는 불호령을 내리는 메아리만 있을 뿐. 내가 한 번 더 움직이느냐 한 번 더 소리 지르느냐의 차이가 있다. 아이들 뭐라 할 거 하나 없이 내 주위부터 정리한다. 내가 먼저 정리가 되어 있으면 버럭 하더라도 당당하게(?) 소리 지를 수 있다. 계속 소리 지를 수는 없으니 몇 번의 경고에도 꿈쩍하지 않으면 조용히 물건을 치워 버린다.

청소보다 더 중요한 것이 있다. 어린이집에 가기 전이 몸이 가장 고단하다. 매일 깔끔하게 청소해야 한다는 강박은 잠시 내려놓자. 물건 하나 정리하는 것보다 내 아이와 눈을 마주치는 것이 더 중요하다. 돌아다니는 물건 하나가 아이의 장난감이 될 수 있다. 아이가 아픈 건 엄마의 잘못이 아니다. 너무 깔끔하게 청소해도 아이는 아플 수 있다. 면역력을 길러야 한다. 매일 쓸고 닦아도 티 나지 않는 집안일에 얽매이지 말고 우리 아이 웃는 모습 한 번 더 보는 게 남는 거다. 엄마가 무엇을 해도 다 좋아할 유일한 시기다. 청소에 치여 엄마의 뒷모습만 보여 주지는 말자. 해도 해도 끝이 없는 집안일은 그야말로 블랙홀이다. 조금 늦더라도 엄마의 시간은 어린이집을 보내고 나서 집중 있게 가져 보자. 한 시간만이라도 오로지 나만의 공간에서 내가 좋아하는 일을 찾아내야 한다. 진짜 하고 싶은 일을 생각해 본다. 청소보다 내가 더 잘할 수 있고 의미 있는 일을 찾는다. 충분히 아이와 시간을 보냈다고 생각했는데도 그때 더 많이 안아 줄걸 하는 생각은 사라지지 않는다. 현재 아이와 나에게 집중하는 시간을 가진다.

6.
그렇게 집을 나왔다

"친구들이랑 잘 놀고 있어. 이따가 금방 데리러 올게."

둘째가 네 살 무렵 여기가 내 집인 양 어린이집에 적응을 참 잘했다. 돌아서면 건물 밖으로 목청껏 울어 대던 두 살 터울 언니의 첫 등원 때와는 확실히 달랐다. 훌륭하다. 이럴 줄 알았으면 조금 더 일찍 보낼걸 하는 생각도 들었다. 근 3년 동안 밤잠 설치며 고생했으니 편히 쉬라는 메시지 같았다. 그렇게 집으로 돌아오는 마음은 한결 가벼웠다. 그것도 잠시. 한시라도 어린이집에 빨리 보내려고 사투를 벌였던 흔적들이 있다. 빨래, 청소, 설거지가 기다리고 있었다. 내가 이렇게 부지런한 사람이었던가 자꾸 할 일이 눈에 보인다. 돌아서면 해야 할 일이 산더미지만 의무는 아니었다. 그렇게 6개월 동안 자유 아닌 자유를 만끽하는 것도 오래가지 못했다. 집안일은 내 적성에 맞지 않는다는 걸 몸소 느꼈다. 반짝반짝 집안을 광내어 청소하는 그런 뿌듯함을 느끼지 못했다. 특별한 경우를 제외하면 집안일이 좋아서 하는 경우는 드물다. 누군가는 해야 한다. 잘해 보려 했다. 된장찌개를 세 번 먹고 끓이고 끓여 우러나온 마지막 남은 국물이 제일 맛있다는 남편. 이때만 해도 힘이 남아돌아 이 가구 저 가구 책장을 옮겼다. 나름 가구 배치를 했지만 뭐가 바뀌었냐며 몰라주는 남편. 깔깔깔 웃겨 죽겠다며 배 잡고 넘어가도 그때뿐인 예능 재방송 보기. 분명 장난감 정리를 했는데도 돌아서면 굴러다니는 인형들과 아침부터 저녁까지 쉴 새 없이 나오는 설거지가 줄지어 있다. 해도 해도 티 안 나는 집안일에 갈수록 지쳐만 갔다.

결코 생활고에 등 떠밀려 나온 건 아니다. 이것만 해도 얼마나 감사한 일인가 싶었다. 남편은 아이만 잘 키워 달라고 했다. 그런데도 내 몸이 근질거려 자발적으로 취업 문을 두드렸다. 그땐 몰랐다. 나올 땐 내 발로 걸어 나왔지만 들어올 땐 내 맘대로 그만둘 수 없다는 것을. 힘들면 그만둬도 된다는 말은 결국 들려오지 않았다. 그건 나도 인정한다. 생계형으로 바뀌게 될 줄 몰랐으니까.

2016년 9월 19일 그렇게 늘지 않는 살림과 이별했다. 그해 친정엄마가 계곡에서 미끄러지는 사고가 있었다. 손목에 금이 가 깁스를 했다. 하던 일도 그만두고 지금까지 자연스럽게 우리 아이들을 돌봐 주고 있다. 친정 부모님의 아파트가 재개발에 들어가 언니 집에 합가했을 때의 일이다. 그때 나도 언니 집 2층에 살았기에 한 지붕 세 가족이었다. 그래서 더 믿고 집안일을 내팽개쳤는지도 모른다. 지금은 분가하여 다 흩어져 살고 있다.

1년 동안 간호조무사 학원에 다니고 자격증 시험을 보았다. 시험 결과도 나오기 전 다급하게 일자리를 구하는 곳이 있었다. 원장님이 학원생다 있는 곳에서 다른 언니에게 "미선 씨, 여기 한번 가 보시겠어요?"라고 물어보았다. 마침 우리 동네였기에 혹시나 언니가 가지 않으면 내가 가 볼까 하며 생각했다. 취업 의사가 있는지 언니에게 물어보았다. 언니는 집이 멀기도 하고 아직은 취업할 생각이 없다고 하였다. 혹여나 이 자리를 놓칠세라 원장님에게 얼른 내가 가겠다고 말하였다. 얼떨결에 시험 결과도 나오기 전에 급하게 첫 출근을 하게 되었다. 혹여나 시험에 떨어졌으면 어떡하나 걱정했지만 다행히 합격하였다. 시험이 끝나면 좀 쉬려고 했는데 그럴 틈도 없었다. 추석 연휴가 끝나고 바로 첫 출근을 했다. 새로운 시작의 기대감으로 집을 나섰다.

그해 첫째 어린이집 졸업식에 참석을 못 했다. 어린이집인데 어때. 외할머니 가셨으니 괜찮겠지. 아이는 웃고 있지만 내 마음이 불편했다. 초등학교 입학은 함께해서 다행이었다. 둘째도 어린이집 졸업은 참석하지 못했다. 2년 뒤 둘째도 입학했다. 벌써 올해 큰아이는 질풍노도의 시기. 본인이 하는 말은 다 맞다고 우기는 말로만 듣던 중2병에 걸린 사춘기가 되었다.

초등생활과 30대 후반의 다사다난했던 일들. 젊은 아줌마의 추억들이 고스란히 담긴 직장에서 아직 출퇴근을 한다. 시간이 금방 지나갈 거라고 예상은 했지만 역시나 하루는 더 빠르게 흘러갔다. 매일 실감 중이다.

나보다 한 시간 일찍 귀가하는 남편이 저녁밥을 준비한다. 식사 만드는 부담 때문에라도 늦게 퇴근하는 게 오히려 더 나았다. 남편이 늦을 시 맛을 장담하지 못하는 밥상을 준비한다. 어릴 때는 묻지도 따지지도 않고 잘만 먹던 아이들이 이제는 무얼 만들 때마다 딴지를 건다. 비록 늦게 퇴근할지언정 이제 더는 끝까지 우러난 된장찌개가 아닌 요리를 더 잘하는 사람이 밥 담당을 맡기로 했다. 뒷정리할 게 더 많아진 건 어쩔 수 없지만 음식 준비하는 수고는 덜었다.

집밥에 대한 부담이 누구보다 컸었다. 집밥보다 더 집밥 같은 직장에서 너무나도 감사한 점심을 먹게 된다. 먹을 복이 있다. 지금껏 일 다니면서 늘 복에 겨운 점심을 먹었다. 결혼 전에 다녔던 직장에서도 따로 주방이 있었다. 가끔 조용할 때는 옻닭도 해 먹고 김밥도 싸 먹었다. 현재 출근하는 곳에서는 생일이면 미역국과 잡채 불고기가 나오고, 복날이면 녹용이 들어간 삼계탕이 나온다. 뚝딱뚝딱 손을 거쳐 식사를 내어 놓는 일의 수고스러움이 경이롭게 느껴진다. 무늬만 주부가 되다 보니 내 손으로 한 음식 외에 누군가 차려 주는 한 끼의 소중함을 너무나도 잘 안다. 혹여나 직장을 그만두게 되면 영양실조가 걸리지는 않을까 하는 염려까지 생길 정도다. 이런 이유가 다는 아니지만 그래서 더 그만두지 못하는 건 아닌가 싶다.

아이는 아이대로 나는 나대로 남편도 회사에서 고군분투 중이다. 공부 외에는 손댈 일 없이 잘 다녀 주는 아이들이 고맙다. 공부가 다가 아니라는 걸 알지만 겉과 속이 다른 두 가지의 마음이 늘 싸움을 건다. 남편도 한 회사에서 15년 넘도록 무사 무탈하게 근무 중이다. 우리 가족은 각자의 자리에서 맡은 바 임무를 충실히 행하고 있다. 아이들이 조금 더 선전을 해 주었으면 하지만 이 또한 엄마의 욕심이다. 아이들이 어릴 때는 그나마 옆에 있는 시간이 많아 책도 읽어 주고 반나절 동안 놀이터 투어도 다녔다. 딸들에게 가는 신경이 나로 바뀌기 시작한 계기가 자발적 워킹맘이 되고부터다. 내 뜻대로 따라오지 않는 아이들에게만 매달릴 수는 없었다. 그만큼 훌쩍 자라기도 했다. 끼니만 해결되면 공부 외에 할 일은 알아서 잘한다.

밥은 밥이고 일은 일이지만 한곳에서 오래 머물렀던 만큼 약간의 다른 공허함을 느끼는 순간 또 다른 숨구멍을 발견한다. 그래도 하던 일은 해야지. 8년째 접어드는 이곳에서 한결같이 하는 말이 있다.

"침 뺄게요."

이곳에서 또 다른 인생이 펼쳐지게 될 줄도 모른 채 일은 시작되었다. 집 나오길 잘했다.

7.
수행평가라고요!

23년 5월 17일 수요일 오후 11:43 시간을 파는 상점

수요일 자정이 다가오는 시간 첫째에게 문자 하나가 와 있었다. 이것도 다음 날 아침에 보았다. 달랑 책 제목 하나였다. 이 책이 보고 싶었나? 다음에 도서관 갈 일이 있으면 빌려야지 하고 대수롭지 않게 여겼다. 그러곤 기억 속에서도 사라졌다.

아침부터 온 동네를 촉촉이 적시는 비 덕분에 더위가 한풀 수그러들었다. 비는 오지만 걷기 열정만큼은 꺾지 못했다. 매일 만 보 인증하던 중이다. 휴일인 오늘 더욱이나 안 걸을 이유가 없었다. 아이들 등교 후 집에서 그리 멀지 않은 공원을 걸었다. 근처 도서관이 있어 잠시 들를까 하다 그냥 있는 거나 마저 읽자는 생각에 집으로 발길을 돌렸다.

목요일, 나만의 시간을 보낼 수 있는 유일한 날이다. 오전에 운동하고 독서하는 시간만을 손꼽아 기다린다. 지난주 도서관에 들렀기에 반납일은 다음 주였다. 대여한 책 두 권 중 한 권은 다 읽었고 나머지 한 권은 대충 훑어보았다. 책도 몇 권 없는데 반납해 버리고 새로운 책을 빌릴까

말까 고민하던 찰나에 딸아이에게서 메시지가 왔다.

23년 5월 18일 목요일 오후 6:03

딸: 시간을 파는 상점 도서관에서 빌렸죠?

나: 아니

딸: 아니 낼 수행평가인데

나: 그러면 빌리라고 해야지

딸: 낼 (이렇게 문자가 왔다)

나: 언제까지 빌리라고 얘기 안 했잖아

딸: 수행평가라고요! 오늘 빌리라고 어제 말했잖아요!

거기다 알겠다고 대답한 적 없는 말까지 했다고 한다. 이게 무슨 일이람?! 앞뒤 설명 하나 없이 다짜고짜 내일 수행평가라고 한다. 그것도 전날 문자 하나 보내고서는 빌리라고 하지 않았냐고 우기기까지 한다. 학원에서 잠시 쉬는 시간에 생각이 났는지 그 뒤로도 독촉 메시지가 연이어 쏟아진다. 책 제목 하나에 대여해 달라는 약간의 뉘앙스는 알았지만 얼토당토않게 당장 내일 수행평가라니 도통 이해되지 않는 말만 해 대었다.

상황을 설명하려면 이러이러하니 언제까지 빌려 놔 달라고 하던가. 최소 일주일 전에 말을 해도 있을까 말까 하는 판국이었다. 수행평가를 혼자 준비하는 것도 아니고 반 전체 혹은 중학교 1학년 전교생이 준비하는 시기이다. 지금 도서관에 간다고 해서 있을 턱이 만무하다. 그리고 어린이도서관은 여섯 시를 넘긴 터라 이미 문을 닫았다.

평화로웠던 마음에 불씨를 지폈다. 미리 준비하지 못한 딸이 원망스러워 단전에서부터 화가 솟구쳤다. 도서관 종합실은 문 닫기 한 시간 전이었다. 지금 가 봤자 없는 거 뻔히 알면서도 또 어미의 할 도리(?)인가 싶어 냅다 밖으로 나왔다. 마침 비까지 내렸다. 나오자마자 다시 4층까지 올라가 우산을 챙겼다. 내리는 비를 뚫고 점점 빨라진 걸음으로 뛰기 시작했다. 책이 없을 수도 있으니 다음엔 미리 이야기하라고 메시지를 보냈다. 그러니 인터넷으로 본단다. 순간 뒷머리가 지끈거렸다. 그럼 나왜 나온 건지. 책은 자고로 한 장씩 넘겨 보아야 제대로 봤다는 생각이 있었다. 서두른 탓에 문 닫기 전 여유 있게 도착을 했다. 가쁜 숨을 몰아쉬며 책 제목을 검색했다. 아니나 다를까 대출 불가였다. 이왕 온 김에 기존 도서를 반납하고 내가 읽을 책 두 권을 빌렸다. 이렇게라도 하니 영 헛걸음은 아니었다.

어떻게 되었든 딸의 한마디에 엄마는 달렸다. 비도 추적추적 오고 냅다 달렸더니 비인지 땀인지 구분하기 어려운 물줄기가 타고 흘렀다. 집으로 돌아가는 길에 열기가 가라앉자 반소매에 바람막이 하나 걸치지 않은 몸이 으슬하기까지 했다. 비의 굵기는 점점 더 굵어졌다.

방귀 뀐 놈이 성낸다고 했다. 메시지의 내용상 왜 미리 아침에 빌리지 않았냐며 충분히 화를 내고도 남을 것 같았다. 혹시나 만에 하나 그런 일이 생긴다면 저녁에 우리 집에 들를 예정인 시어머니 앞에서 싸울까 하는 생각도 했다. 미리 상상의 나래를 펼치던 중 딸에게 전화가 왔다. 언제 들어오냐며 물어본다. 할머니 오셨다며 얼른 들어오라고 한다. 대뜸 확인하고 싶었다.

"딸, 어머니한테 할 말 없어?"

"갔다 와 줘서 고마워요."

"응? 그래."

순간 생각지도 못한 대답이 훅 치고 들어왔다. 긴장했나 보다. 당연한 거 같으면서 당연하지 않은 그 말 한마디에 마음이 사르르 녹아내린다. 수고로움 따위 생각나지 않았다. 딸 덕분에 오랜만에 달리기를 했다. 제대로 운동했다는 생각이 들 만큼 말 한마디의 힘은 컸다. 똑같은 길을 걷지만 집으로 돌아가는 발걸음은 사뭇 가벼웠다. 요즘 앱이 참 좋다. 굳이 종이 책을 고수할 필요는 없다. 수행평가는 알아서 잘 마무리하기를 바란다.

이미 수업 시간에 시간을 파는 상점을 읽고 있었고 수행평가를 치고 있던 와중이었다고 한다.

수행평가는 학생의 일이다. 수행평가로 엄마가 긴장할 필요는 없다. 사춘기 딸에게 언제 어디서 무슨 말이 튀어나올까 염려는 된다. 아이마다 성향이 다르니 정답은 없지만, 상황을 부딪쳐 보고 시행착오를 겪으며 하나씩 알아 간다. 다음에는 갑작스러운 일은 없기를 당부했다. 중등 아이와의 대화에는 육하원칙이 필수다.

8.
딸의 한마디에 집을 나와 버렸다

23년 8월 광복절인 오늘까지 남편과 아이들은 연속 4일을 쉬었다. 어제 두 딸과 시내 나들이를 다녀온 남편이 고마웠다가 오늘은 또 왜인지 얄미워 보인다. 나 혼자 공휴일에 일하러 나간 것이 억울했다. 유치하고 사소한 이유를 들키고 싶지 않았다.

네 시까지 일하고 수고한 나에게 작은 보상을 주고 싶었다. 한나절 뜨거운 여름 시원한 아메리카노와 남은 오후 시간을 여유 있게 만끽하고 싶었다. 집에 도착하니 아이들은 만화영화를 보고 있었다. 내가 오기 전까지 숙제와 독서를 했다는 이야기만 전해 들었다. 아담한 거실에 에어컨이 틀어져 있고 남편과 두 딸이 옹기종기 모여 있었다. 혼자 조용한 시간을 보내고 싶어 책과 커피, 블루투스 키보드와 핸드폰을 주섬주섬 챙겨 안방으로 들어왔다. 작은 선풍기 한 대로 꺼이꺼이 자리를 지키고 있었다. 누가 들어가라고 시킨 사람도 없다. 왜 아무도 없는 더운 방에 혼자 청승맞게 앉아 있나 싶었다. 한 시간 뒤 다시 거실로 나왔다. 6인용 거실 테이블 위에 중1 첫째의 수학문제집이 넓게 펼쳐져 있었다. 의자에 앉으려고 옆으로 치우려는 찰나 날 선 목소리로 "왜 나와서!"라며 교재를 낚아챈다. 잘못 들었나? 싸울까? 반나절 넘게 힘들게 일하고 온 건 나인데 앉아 쉬려고 하니 고작 듣는다는 소리에 뒷골이 당긴다. 순간 왠지 모를 서러움과 배신감이 쓰나미처럼 밀려왔다. 남의 집 불구경하듯 태평한 남편에게 하소연했다. 나를 위로해 준답시고 "어머니가 이 집안의 기둥인데(?) 그런 말 하면 안 되지."라고 했다. '네. 고맙습니다. 최선을 다해 변호해 주었습니다만 그래도 화가 안 풀리는데요?' 이 기분으로 집에 있다간 좋은 소리 안 나오겠다 싶었다. 작은 복수로 괜히 너 때문에 기분이 나빠졌다는 둥 모진 말을 딸에게 뱉은 후 나와 버렸다. 원래 집 밖으로 나올 핑계를 찾고 있던 사람처럼 얼른 이어폰과 지갑, 휴대전화, 마시던 커피까지 야무지게 챙겨 나왔다. 도서관에 갈 생각으로 책은 들고 나오지 않았다. '앗, 오늘 공휴일이라 휴관이네. 어디 가지?'

정처 없이 도서관 근처를 배회하다 동네 공원을 무작정 걸었다. 한참을 걷다 보니 화가 조금씩 누그러든다. 그제야 속 좁게 행동한 나 자신이 미워 보인다. 엄마로서 현명하게 대처하지 못하고 감정적으로 버럭 댄 게 머쓱해진다. '딸 옆에서 같이 책 읽고 싶어 나왔지.'라는 말이라도 할걸. 그러기엔 반사적인 내공이 턱없이 부족하다. 그냥 대수롭지 않게 넘길 수도 있는 일이다. 머가 그렇게 못마땅했던 건지 하나하나 생각해 본다. 출근이 잘못이었나. 방학이 문제인 건지. 오늘까지 내리 4일이나 쉰 남편이 부러워서? 아니다. 아무것도 문제 될 건 없다. 단지 그렇게 생각하고 결론 내 버린 내 마음이 문제였다.

몇 달 전에도 딸의 수행평가 일로 내달렸던 적이 있다. 이번엔 집을 나와 버렸다. 나를 가만히 두지 않는다. 이번엔 쌍방과실이니 아니, 딸이 먼저 훅 치고 들어왔다. 그래도 어른인 내가 현명하게 대처를 해야 하는데 아직도 딸의 말 한마디에 감정적으로 대했던 나 자신을 원망해 본다. 넓고 편하게 숙제하고 싶었겠지. 딸은 본인이 무슨 말을 했는지도 모를 것이다. 글로 풀면 속이 시원해질까 싶어 담아 놓았던 응어리를 메모장에 쏟아 냈다. 미래에 아이들을 다 키워 놓고 본다면 속이 좁은 엄마로 남겨질 지도 모르겠다.

남편에게 메시지가 왔다. 이 와중에 오는 길에 꽈배기 좀 사 오라고 한다. '저 집 나온 건데요.' 그렇다. 누구보다 잘 알고 있다. 걸으러 나왔다. 나온 김에 만 보를 채우고 들어가려고 했다. 아무런 생각 없이 꽈배기를 사 오라는 남편이 고마웠다. 역시 속상한 데는 맛있는 음식이 제일이다. 맥주도 샀다. 괜히 맥주 마실 핑곗거리가 생겼다. 꽁한 엄마가 아니라며 자신을 다독인다. 엄마라는 명목 아래 누구 하나 달래 주는 이도 없다. 그렇게 두 시간 만에 귀가했다.

오늘도 묻는다. "딸, 엄마한테 할 말 없어?"

"미안." 역시 단순 명료하다. 할 말이 없었나 보다. 영혼은 어디에다 팔아먹었는지 애꿎은 꽈배기만 뜯고 있다. 의무적인 사과지만 그대로 받아들여야 한다. 여기서 미안이 끝이냐는 둥 엄마가 왜 나갔는지 아느냐는 둥 2차로 화를 내는 일은 없어야 한다. 앞으로 이런 일은 자주 올 것이다. 중등과의 갈등은 이 정도면 가소롭다. 딸은 말하겠지. 내가 언제 상처 줬냐며. 상처는 받는 사람의 몫이다. 주는 사람과 받는 입장은 다르다. 엄마도 크게 잘한 건 없다. 같이 꽈배기를 오물거리며 꼬였던 마음도 함께 풀어 본다. 꽈배기는 맛있어서 다행이었다. 살얼음 맺힌 맥주를 목이 따끔거리도록 벌컥 들이부었다. 속상했던 게 무색해질 만큼 잘도 넘어간다.

저녁을 먹고 소화도 시킬 겸 다시 공원으로 나왔다. 덕분에 엄마는 오늘 이만 보를 걸었다. 처음 걷기 시작한 이유는 건강도 물론이지만, 캐시로 커피 쿠폰을 받기 위해서다. 사춘기 자녀를 둔 엄마들은 저마다의 스트레스 해소법이 필요하다. 나에겐 걷기와 음주다. 아이러니하게 상반되는 취향이다. 그만큼 걷는 횟수도 늘어나지만 음주량도 같이 늘어나고 있다.

중학생이 되고 부쩍 짜증이 늘었다. 순간 욱하는 말 한마디에 자주 상처를 받는다. 오는 말이 곱지 않아 가는 말도 험악해지고 있다. 그러면 안 되는 거 알면서도 잘 고쳐지지 않는다. 걸으면서 생각한다. 참을 인을 열 번 새긴다. 가는 말이라도 곱게 해야지라고 되새긴다. 내가 하는 말이 무조건 맞다고 우기는 순간 전쟁은 시작된다. 중등과의 대화에선 귀로 듣고 마음으로 전달되기까지 시간이 걸린다. 정중앙에 박힌 화살은 잘 뽑히지도 않는다. 화살이 날아오면 그대로 돌려보내지 말고 한 박자 기다린다. 이게 잘 안돼서 또 걷는다. 그리고 왜 그랬지 하며 또 반성한다. 어쩔 수 없다. 무한 반복이다. 그러면서 알아간다. 이해되는 부분보다 이해되지 않는 상황이 더 많다. 중등은 자기중심적인 면이 있다. 그런 호르몬이 나오는 시기라 한다. 원래 그런 거라고 머리로는 이해하려 하지만 이대로 엇나가 버릴까 하는 걱정도 앞선다. 이 세상 사춘기 혼자 겪는 것도 아니면서 유난 떠는 것만 같다. 이 와중에 우리 아이는 낫다. 다행인 건 다른 곳으로 엇나가지 않고 내가 보이는 선 안에서 화살이 날아다닌다.

관심만큼 무관심도 중요하다. 어디까지가 경계인지 다 알 것 같으면 이런 고민도 하지 않는다. 보이지 않는 라인에 발을 넣는 순간 빨간 불이 켜진다. 딸아이와의 대화에서 화가 난다고 쌓아 놓기보다는 어떻게 풀어 나가야 할지가 중요하다. 걸으면서 기다린다. 걸으면 풀린다. 자주 걸어야 할 것 같다. 중등은 3년이다. 오늘 하루도 짧다. 금방 지나간다. 그렇게 생각하니 우리 집 중등이가 빨리 보고 싶어진다.

9.
엄마도 사춘기는 처음이라

　바깥세상이 검정으로 물들면 엄마인 내가 먼저 누워야 한다. 중1과 초5인 두 딸은 그제야 마지못해 자리에 눕는다. 매일 자라고 말만 해서는 잠잘 기미도 없다. 아직도 큰방에 네 명이 같이 잔다. 몇 달 전 이사를 왔다. 아이들 각 방에 버젓이 침대를 넣었지만, 에어컨은 없다. 거실과 큰방에만 에어컨이 있다. 이글거리는 열대야를 버틸 재간이 없다. 여름의 끝자락까지 그냥 물러날 리 없는 더위에 하나로 똘똘 뭉쳐 잘 수밖에 없었다. 전기세를 조금이라도 아껴 보려는 심산이다. 큰방에서 여유롭게 자기엔 아이들이 훌쩍 커 버렸다. 자리 배치가 중요하다. 창문 아래로 딸 둘 사이에 아빠가 눕는다. 그러고 싶어서 눕는 게 아니라 자매 둘이 붙으면 세상 시끄럽다. 중간 역할인 셈이다. 에어컨 바람이 직선으로 내리꽂는 명당자리다. 그 바람이 싫은 나는 에어컨 바로 아래 즉 세 명의 발아래에 옆으로 눕는다. 여기가 내 딴에는 최고의 명당자리다. 아무도 내 손에 닿지 않는다.

　큰딸이 기어이 아빠 곁으로 딱 달라붙는다. 아무리 어여쁜 자식이지만 매일 안아 줄 순 없다. 더우니 붙지 말라는 아빠는 베개를 챙겨 들고 굳이 내 옆으로 다가온다. "복에 겨운 줄 알아. 다 큰 딸이 언제까지 아빠 좋다며 붙어 있을 줄 아나?"라며 핀잔을 주었다. 이대로 잠이 들기 아쉬운지 아니면 우리가 붙어 있는 걸 못 보겠다는 건지 엄마 아빠의 중간을 파고들려는 찰나 장난기 발동한 나와 남편은 일부러 못 들어오게 서로를 더 껴안았다. 이에 질세라 집요하게 파고드는 딸의 승리로 아빠는 본래 자리로 돌아갔다.

한바탕 자리 쟁탈전을 펼쳤다. 내 앞엔 나만 한 큰딸이 내 품에 쏙 안겨 있다. 눈앞에 첫째의 얼굴이 순간 아기 때의 모습으로 비쳤다. 아무 말 없이 바라보는데 왠지 모르게 울컥했다. 그때는 눈만 마주쳐도 물고 빨던 아이였는데 요즘 뭐가 그렇게 못마땅한 건지. 내가 변한 건지 네가 변한 건지. 너와 나 사이에 지나간 건 시간밖에 없는데 그사이 몸도 마음도 성장했다. 그동안 온전한 사랑을 주지 못한 것 같아 미안했다. 말한마디 더 예쁘게 건네주지 못했다. 사랑하는 마음은 같지만, 깊이가 다름을 느낀다. 너도 그걸 감지했는지. 너무 티를 냈나. 그래서 동생을 더 못살게 굴었나 싶다. 사사건건 동생 말에 꼬투리를 잡아 물고 늘어진다. 너의 한마디에 더 예민하게 받아들였다. 왜냐하면, 동생에게 하는 말투가 소름 돋게 나와 닮았기 때문이다. 너에게서 내가 보인다.

곤히 잠든 너의 얼굴에 이미 침 범벅으로 도배를 시켜도 모자랄 텐데 선뜻 다가가지 못했다. 예전으로 돌아가 볼에 입을 맞췄다. 한 번이 어렵지 두 번 세 번 뽀뽀를 퍼부었다. 예쁜 내 아기, 있는 그대로의 모습으로 바라보지 못했다. 커 갈수록 기대도 높아졌다. 이미 잘하고 있는데 더 잘해 주길 바랐다. 작은 행동 하나에도 칭찬해 주지 못한 게 마음에 걸린다. 그걸 알면서 입 밖으로 내뱉지 못했다. 잘한 점보다 날 선 한마디가 더 강하게 박힌다. 모든 걸 수용하기엔 좁디좁은 내 속을 원망해 본다. 요즘 엄마는 너의 행실을 글로 옮기기 분주하다. 이렇게라도 너와의 추억(?)을 남기기 위한 몸부림일 수도.

초등 때부터 준비물 하나 챙겨 주지 않아도 알아서 넣어 가는 아이. 중학생이 되고 더 이른 등교 시간에도 불구하고 스스로 일어나는 아이. 학원 시간은 누구보다 철저하게 지키는 첫째다. 책은 읽자 해도 숙제하라고는 말한 적 없는 엄마. 본인 물건을 챙기지 않으면 어떻게 되는지 느끼게 해 주고 싶은 엄마. 어떻게 보면 당연한 일을 엄마는 무관심을 가장한 강인한 교육이라고 하고 싶다. 왜 일일이 챙겨 주지 않았냐며 너는 나를 원망할지도 모르겠다. 칭찬해도 모자라다. 분명 딸아이도 어떻게 할 수 없는 호르몬의 습격으로 이용당하고 있다고 믿고 싶다. 일부러 그런 모난 말을 하고 싶지 않다는 걸. 창과 방패처럼 혹은 둘 다 창이 되어 공격만 해서는 서로가 위태롭다. 너를 위해 기꺼이 방패만을 장착해야 하는지. 엄마는 다 괜찮으니 모든 걸 받아 주겠다고도 하지 못한다.

토요일 저녁 삼겹살을 구웠다. 음료수를 먹고 싶어 하는 두 딸에게 제로 사이다를 꺼내 먹으라고 했다. 첫째는 하필이면 크기가 다른 두 개의 유리잔에 사이다를 부었다. 조금이라도 동생에게 더 부었을까 봐 비교하기 시작한다. 그것으로 끝나면 애교다. 얼음 하나를 넣어도 본인 컵에 더 많이 넣으려고 했다. 둘째는 얼마 남지 않은 얼음을 보며 세상 억울한 울상을 지으며 발을 동동거린다. 그 모습을 보는데 한숨이 절로 나왔다. 그럴 수 있다고 하기엔 속에서 천불이 났다. 둘 다 얼음이고 뭐고 다 갖다 버리고 싶은 마음을 겨우 눌러 담았다. 또 뭔가 못마땅한 큰아이의 얼굴을 보며 요즘 첫째와 있었던 일을 모조리 남편에게 말했다.

"오빠, 난 까마귀고기를 먹었나 봐. 돌아서면 까먹어. 첫째랑 세 마디 이상 안 하려고 했는데 자꾸 잊어버리고 내가 먼저 계속 말을 건다? 그리고 아차 하고 또 상처받고."

"가족이라 어쩔 수 없다. 딸인데 어떻게 모른 척하노. 부모가 그런 거다."

뭐지 이 남자. 이럴 땐 꼭 세상 모든 걸 통달한 듯하다. 남편의 굵고 짧은 한마디에 모든 게 수긍되었다. 그렇구나. 부모는 그런 거구나. 가끔 이렇게 단순히 스쳐 지나가는 말의 의미가 깊게 박힌다.

하루가 멀다고 동생의 말에 꼬투리를 잡으며 못 잡아먹어 안달이다. 본인이 어질러 놓은 물건들마저도 제자리에 놔두질 않는다. 뭐 하나 가져다 달라고 부탁이라도 하면 왜 나만 시키냐고 버럭하는 너를 어떡해야 할지. 너만 아는 정답이 있다면 슬쩍 커닝이라도 하고 싶다. 아무 말도 하지 않기엔 이런 상전으로 있는 꼴을 그냥 볼 수만은 없다. 미안했다가 또 분노가 치솟는다. 한결같지 못한 마음이 크다.

엄마도 사춘기는 처음이라 시행착오를 겪는 중이다. 우리 가끔은 서로 이해하며 때론 격하게 싸우며 이 시기를 잘 헤쳐 나가 보자. 그러기엔 이제 시작이다. 너의 뒤를 바짝 추격하는 동생 상대할 힘은 남겨 주길 바란다.

나는 사춘기 없이 지났다고 생각하지만, 우리 엄마도 많이 참았겠다. 오히려 지금 중등 아이를 키우며 제2의 사춘기를 겪고 있는지도 모르겠다. 조금 더 수월하게 넘어가면 좋겠지만 이런 과정도 소중하다. 지금 아니면 다시 겪지 못할 순간들이다. 지나고 나면 다 그럴 때가 있었다는 한 꼭지의 추억으로 남게 된다. 너와 나의 티격태격하는 장면조차 놓치고 싶지 않다. 엄마는 글을 쓰며 너와의 폭풍 같은 사춘기를 잘 헤쳐 나가 보려 한다. 너를 위하기 전에 나를 위해서다.

10.
워킹맘의 성찰

아침 여섯 시 진동이 울린다. 혹여나 남편과 아이들이 깰까 봐 벨 설정은 해 두지 않았다. 대신 일곱 시 이후로 울리는 알람은 반드시 소리로 설정해 둔다. 아직 출근 시간까지 꽤 여유롭다. 여섯 시부터 여덟 시까지 최대 두 시간은 더 잘 수 있다. 매일 매시간 울리는 알람을 부지런히 끄고 잔다. 그리고 또 설정한다. 그렇게 알람만 반복적으로 울린다. 이것마저 아침 루틴으로 자리 잡히고 말았다. 이때 자는 잠이 그렇게 달콤할 수가 없다. 2년 전 미라클모닝 챌린지를 한 적이 있다. 한 달 중 14일 동안 새벽 다섯 시에 기상했다. 그때만 해도 미세한 진동에도 잘만 일어났다. 챌린지 종료 후 새벽 기상도 함께 막을 내렸다. 이제는 천사보다 악마의 유혹이 주로 승을 거둔다. 어차피 출근하려면 일어나야 하는데 조금 더 자도 된다는 속삭임이 이불 속을 더 파고들게 만든다. 최대한 누울 수 있을 만큼 누워 있다가 마지막 알람이 울리면 겨우 몸을 일으킨다. 출근 시간은 4분 거리. 전생에 나라를 구했나 보다.

매일 어디 갈 곳이 있다는 게 감사하다. 나를 필요로 한다는 의미다.

　현실 엄마, 브런치로 나를 키우다

단지 의지로 가느냐 강제로 가느냐에 따라 차이는 있겠다. 규칙적인 생활을 하게 해 준다. 늘 같은 시간에 출퇴근한다. 내 의지로 쉴 수 없다는 단점이 있다. 가끔 적극적으로 아무것도 하기 싫을 때가 있다. 하루 이틀이야 그럴 수 있지만 날이 길어질수록 더 바닥을 파게 된다. 나처럼 아침잠이 많은 사람에게는 직장에 나가는 것이 큰 장점이다. 어쩔 수 없이 움직여야 하니까. 가야 할 곳이 있고 해야 할 일이 있다는 것이 나를 움직이게 만든다.

출퇴근하는 날이 익숙해졌다. 단조로운 일상이 되어 버렸다. 습관처럼 직장을 오갔다. 왜 다녀야 하는지 의미를 두지 않았다. 직장이 노후까지 보장해 준다는 장담은 없다. 지금 생활은 유지해야 한다. 외면할 수도 없다. 매달 고정적으로 들어오는 월급이 다른 무언가를 시도하기에 걸림돌 아닌 걸림돌이 되었다. 직장은 나의 미래까지 책임져 주지 않는다는 생각에 덜컥 겁이 났다. 오로지 직장만 믿고 안주하고 있어도 되는 건가 싶었다. 궁금증은 생겨도 해결되지 않았다. 다 그냥 그렇게 사는 거라며 대수롭지 않게도 여겼다. 순응할수록 답답해졌다. 쳇바퀴처럼 돌아가는 일상이 감사하면서도 스케치북에 실수로 쏟아진 물감처럼 그대로 물들고 싶지만은 않았다. 내가 정한 예쁜 색깔의 물감으로 내가 정한 붓과 도화지에 내가 상상한 그림을 그리고 싶었다. 상상은 상상일 뿐이라는 말이 썩 내키지 않는다. 꿈꾸는 미래를 조금씩 현실로 그려 내고 싶었다.

　직장은 직장이고 뒤늦게 글쓰기의 묘한 매력에 빠져 또다시 나를 분주하게 만든다. 살림에만 매달리는 것이 맞지 않아 직장을 택했다. 퇴근 후 하는 살림은 여전히 서투르지만 유지만은 하려고 애썼다. 그게 다였다. 일과 청소, 설거지 그리고 걷기. 어느 정도 조합을 이루고 있었다. 그 와중에 글쓰기가 더해지니 이내 다른 모든 것이 뒷전이 되어 버렸다. 저녁을 먹고 바로 설거지보다는 걸어야 했고 써야만 했다. 걷고 쓰는 즐거움이 어느 순간 내 삶에 일부분을 차지하고 있었다. 글쓰기만 바라보기엔 이미 뼛속까지 익숙해져 버린 살림 지옥이 발목을 잡는다. 두 가지 다 척척 잘 해내고 싶은 마음과 달리 무언가를 새로 시작하려니 마음만 앞선다. 집안일을 귀찮게 여기는 마음을 워킹맘이라는 포장지로 고이 감싸본다. 안이한 생각은 언제 어디서든 나의 곁을 맴돈다. 일을 다녀도 파워 워킹맘들은 집안일도 척척, 아이 공부도 척척, 살림도 잘만 하는 것처럼 보인다. 스스로 부족하다고 느낄수록 잘하는 사람만 보인다. 워킹맘이라는 이유로 일 다니는 게 벼슬인 것처럼 앞장세웠다. 파워는 아닐지언정 워킹을 뺀 맘 역할이라도 충실해지고 싶었다. 턱없이 부족하다. 남편의 눈엔 집안일도 내팽개치고 그저 돈도 안 되는 일에만 매진하는 여편네로 보일 것만 같다. 하고 싶은 일이 있고 호기심이 생긴다는 것은 설레는 일이다. 균형을 잡지 못하고 한 곳으로 치우치다 보면 결국 금이 간다. 균형 잡힌 일은 언제나 힘들다. 좋아서 하는 일을 해야만 하는 일을 미룰 만큼 해도 되나 싶을 정도로 의심이 든다. 지금은 그렇다.

  보통의 엄마들은 아이의 마음을 먼저 들여다본다. 어릴 땐 나도 그랬다. 이때 나의 모든 모성애를 쏟아부었다고 해도 과언이 아니다. 아이들은 크게 모나지 않게 잘 자라 주었다. 사춘기라는 호르몬이 습격하기 전까지는 말이다. 두세 마디 이상 하다 보면 벽이랑 대화하는 것 같다. 유아기 때로 돌아가고 싶을 때가 있다. 몸은 힘들었지만, 마음은 행복했다. 빨리 자라길 바란 적 없다. 매일매일 성장하고 있는 지금도 아쉬운 마음은 여전하다. 아이들이 어렸을 때는 오로지 엄마만이 세상 전부다. 스스로 할 줄 아는 게 없을수록 엄마만 찾는다. 젓가락질을 가르치고 어린이집 다닐 때부터 어떤 옷을 입을지 미리 고민하고 선택하는 기회를 주었다. 내 손이 닿지 않기를 바라 스스로 할 수 있는 모든 걸 빨리 가르치려 했다. 이때부터 엄마는 나만의 시간을 만들기 위해 부단히 애썼는가 보다.

  아이에 대한 애틋한 마음과 달리 바지런히 돌보지 못했다. 그 덕인지 아니면 게으른 엄마를 미리 알아챈 건지 아이들의 초등 시절 알림장 한 번 제대로 본 적 없다. 가방도 열어 보지 않았다. 책임감을 키우기를 가장한 무관심에 가까웠다. 그걸 아는 아이는 스스로 준비물을 챙기고 숙제를 했다. 어느 순간 아이들의 아침을 깨워 주지 않는다. 한두 번은 말할 수 있을지언정 끝까지 일어나라며 질척대지 않는다. 이제는 깨우고 싶어도 못 깨운다. 잠이 많은 어미는 눈이 떠지지 않는다. 두 딸은 스스로 일어나 등교 준비를 한다. 미리 준비한 삶은 달걀이나 방울토마토를 먹고 간다. 이조차도 먹으라고 말하지 않으면 굶고 가는 경우도 허다했다. '다녀오겠습니다'의 울림이 꿈에서 들리는 듯하다. 배웅은 사치였다. 그런 아침의 연속이 미안하고 미안하다. 다시 한번 미라클 모닝의 기적을 바라보지만, 현재로선 가망이 없어 보인다. 그렇다고 완전히 포기한 것은 아니다. 늘 그렇듯 아침 여섯 시만 되면 알람이 울린다. 몸은 누워 있지만 꿈속에서의 사투는 여전히 진행 중이다.

일일이 손이 가지 않아도 될 만큼 자란 아이들이다. 이제는 나를 먼저 생각하며 혼자 있는 시간이 익숙해질 때쯤 사춘기라는 그들만의 세계가 심기를 건드린다. 딸들도 엄마의 나태함이 마음에 들지 않을 것 같다. 백 퍼센트 서로를 충족시킬 순 없다. 단지 조금 더 노력하는 모습이 보일 뿐, 나만 부지런하다면 모든 것이 평화로울 것만 같다. 이렇게 글이라도 쓰고 있으니 한 번 더 지난날을 돌아보게 된다. 서두르지 않는다. 빨리 간다고 정답이 아니며 느리게 간다고 목적지를 잃는 게 아니다. 엄마도 서툴고 넘어지기 일쑤다. 아이들을 위해서라도 주저앉는 모습만은 피하고 싶다. 내가 할 수 있는 선에서 보여 주려 한다. 정답보다, 너와 나의 해답을 찾고자 한다. 엄마는 아이보다 한 발짝 앞서거니 뒤서거니 늘 그 자리를 지킨다. 넘어지더라도 스스로 일어나도록 기다려 주려

고 한다. 매일의 고민과 근심이 일하는 엄마의 반성만으로 끝나지 않고
성장으로 이어지길 바라 본다.

<제2장>

엄마에게도
자기계발이 필요해

1.
새벽 기상의 두 얼굴

마음 A: 새벽 기상의 정석

새벽 5시를 알리는 진동벨이 울린다. 남편과 아이들이 깰까 봐 진동마저 얼른 꺼 버렸다. 유난스럽게 일어나는 게 싫어 벨소리를 하지 않았다. 사실 배려보다 혹여나 누가 깨서 내 시간을 방해할까 봐서 하는 우려가 더 컸다. 얼른 자리에서 일어나 작은 방으로 들어왔다. 창고 방으로 쓰던 둘째 방을 숨구멍으로 만들었다. 이곳에서 나만의 은밀한 새벽 루틴이 시작된다.

김미경 대표가 이끄는 미라클 모닝 514 챌린지 중이다. 세상에서 가장 무거운 나를 들어 올리는 시간. 자기계발의 성지, 이곳이 나를 일으켰다. 챌린지가 끝나면 새벽 6시. 남편이 먹을 과일을 준비하고 밖으로 나간다. 새벽 공기는 차지만 상쾌하다. 한발 한발 내디딜 때마다 설렌다. 하루의 시작이 벅찬 순간이다. 왜 이제야 알았을까. 이 시간에 나오지 않았으면 절대 몰랐을 세상이다. 고요함 속엔 이미 새벽 시간을 이용하여 숨겨진 운동 고수들이 분주하게 움직이고 있다. 나올 때마다 감탄이 절로 나온다. 남들보다 두 배로 알찬 시간을 보내는 그들을 보니 반성하게 된다. 이런 생활이 매일 습관이 되고 하루 루틴으로 자리 잡게 된다면 얼마나 단단한 내공을 가진 삶을 살게 될까. 아침 운동 후 샤워는 그야말로 새로 태어난 듯하다. 뭐든지 할 수 있을 것만 같은 에너지가 온몸에서 솟구친다.

열정으로 중무장 된 엄마는 아이들을 깨우기 위해 영어 만화를 틀어 준다. 나름 엄마표라 생각하고 성실히 빼먹지 않으려 한다. 직접 읽어주지는 못해도 자주 접할 수 있는 환경을 만들어 주고 싶었다. 8시까지 보고 들으며 등교 준비를 한다. 둘째가 여유 있게 기상하면 첫째는 내 안의 나를 보는 듯 겨우 밥 먹을 시간에 맞춰서 일어난다. 14년간의 요똥(요리똥손)이지만 뚝딱 해낸 초간단 요리를 맛있게 먹어 주는 아이들이 감사하다. 아침만 챙겨 주면 고학년인 아이들은 알아서 학교 갈 준비를 한다. 현관문을 나서기 전 딸들에게 뜨거운 포옹과 뽀뽀 도장을 찍으며 하루 중 제일 착한 엄마 코스프레를 하듯 다정하게 배웅을 한다. 직장 앞 공원에서 가벼운 산책을 마치고 여유 있게 출근을 한다. 그렇게 내가 꿈꾸는 아침 루틴을 이어 나갔다. 하루하루가 더할 나위 없이 뿌듯하고 행복했다. 모든 것이 완벽한 아침. 그런 날만 이어지면 얼마나 좋을까, 나만 잘하면 되는 거였다.

마음 B: 늦잠 좀 자면 어때

　새벽 5시를 알리는 진동벨이 울린다. '일어나? 말아? 챌린지도 끝났는데 좀 쉬어도 되잖아. 지금 안 일어난다고 뭔 일 나는 것도 아니고. 그냥 잘까? 바로 일어나는 건 좀 아쉬우니 딱 10분만 더 누워 있자.' 알람과 함께 일어날 건지 의문을 가지는 순간 의지라곤 눈곱만큼도 찾아 볼 수가 없다. 10분 뒤 이미 저세상 꿈나라에서 허우적거리며 헤어 나오질 못하고 있다. 다시 울리는 진동은 모른 체한 뒤 어쩔 수 없이 아이들 기상 시간에 겨우 맞춰 눈을 뜬다. 영어 만화는 개뿔. 아침을 줘야 한다는 막중한 임무가 있지만, 이것마저도 귀찮을 때는 시리얼만 한 게 없다. 아이들에게 알아서 꺼내 먹으라고 한다. 손끝 하나 까딱하지도 않은 채 아침을 챙겨 주고(?) 다시 포근한 이불 속으로 몸을 구겨 넣는다. 아니, 애초에 일어날 생각조차도 하지 않았다.

　미안했다. 나가는 것도 못 봤다. 등교한 후에도 잘 수 있는 최대한 줄다리기하듯 끝까지 버텨 냈다. 지금 일어나지 않으면 안 될 지각 마지노선이 코앞인 마지막 알람이 울린다. 그제야 겨우 눈을 뜨면 빠듯한 시간에 맞춰 후다닥 머리를 감고 늘 교복 같은 옷을 입고 허둥지둥 나선다. 아침을 먹는 건 사치에 불과하다. 이럴 때 엎어지면 코 닿을 직장이 얼마나 감사한지 모른다. 그렇게 정신 나간 아침을 마주하게 되면 첫 알람에 일어났어야 했는데 하는 의미 없는 후회가 쓰나미처럼 몰려온다. 이건 아니다. 내일은 이러지 말자며 또다시 결심만을 무한 반복 중이다.

어김없이 새벽 5시를 알리는 진동벨이 울린다. 지금도 아침형 인간이 되길 매일같이 꿈꾼다. 현실은 진동이 울릴 때마다 내 마음속 두 개의 자아가 아직도 나를 내버려두질 않는다. 간절하지 않은가 보다. 꿈이 없는가 보다. 절실하지 않은 거 보니 배가 불렀다. 애가 타들어 가는 마음이 없어서 느긋하다. 내 마음의 이상과 현실이 계속 싸운다. 어느 선택이건 정답은 없지만 하나의 답을 정해 놓고 계속 나를 채찍질하게 만든다. 더 고민하지 않았으면 한다. 이 글을 적으면서 새벽 기상을 해야 할 목표가 점점 굳어지고 있다. 다시 몰입해서 글을 쓸 수 있는 고요한 시간을 원한다.

이제 더는 새벽 기상의 두 얼굴이 아닌 하나의 모습으로 정착하고 싶다. 집착이 아닌 원래 그렇게 해 왔던 사람처럼 여긴다. 새벽 기상보다 더 중요한 건 어제보다 조금 더 여유로운 모습이다. 진정 내가 원하는 시간을 찾아 머물길 바란다. 내일 새벽엔 A와 B 중 또 어떤 마음으로 맞이하게 될까. 알람과 마음의 소리가 하나가 되길 바란다. 이렇게 고민하는 자체가 어제보다 오늘 더 잘 살아 보기 위한 몸부림이 아니던가. 그 마음 하나면 B라는 선택을 하더라도 자책만은 하지 말아야겠다.

인생은 리허설이 아니다. 그러니 하루하루를 최선을 다해 살아야 한다. 일찍 일어나는 것 자체는 당신이 열심히 일했으니 성공할 거라는 신호가 아니다. 그 시간에 무엇이든 할 수 있도록 당신 안의 잠재력을 이끌어 내는 게 중요하다.

_리처드 브랜슨, 버진그룹 회장

2.
6,000원의 행복

맞벌이 부부로 산지 어언 8년이 되었다. 살림을 나눠서도 하지만 누군가 더 잘하고 시간적 여유가 되는 사람이 그 일을 맡는다. 주로 남편이 식사를 담당한다. 나보다 퇴근도 일찍 하지만 요리도 잘한다. 관심이 있다. 저녁 담당인 남편의 퇴근이 늦을 시 반드시 미리 나에게 이야기해야 할 의무가 있다. 이건 아주 중대한(?) 일이다. 바로 저녁 메뉴 선택이 걸린 문제다.

저녁 7시가 지나면 두 딸에게 번갈아 가며 전화가 온다. 제일 궁금한 것은 단연 저녁에 무얼 먹을지에 관한 것이다. 그때쯤 학원이 마치는 아이들과 비슷한 시간에 퇴근한다. 8시 10분에 둘째는 줌으로 화상 영어할 시간이다. 얼른 먹여야겠다는 생각에 마음만 촉박하다. 요리할 의욕도 없는 데다가 손까지 느려 무얼 만들려고 하니 벌써 지친다. 가끔 시어머님이 우렁각시처럼 반찬을 가져다 놓는 기회도 있지만 매일의 이벤트는 아니다. 냉장고 사정이 여의치가 않을 땐 마지막 최후의 선택을 한다. 반찬가게만이 살길이다. 고민하다가 역시나가 되었다. 먼저 선수 치지 않으면 또 라면을 먹는다고 할 것이 불 보듯 뻔하다. 사실 나도 편하기긴 하지만 쉽게 넘어가서는 안 된다.

어김없이 둘째에게 전화가 왔다.

"오늘 아빠 늦게 오시는 거 알지? 시장 들렀다 갈게. 기다리고 있어."

"또 그거?"

시장에 들른다고만 했는데 이미 눈치를 챈 둘째는 세상 놀람을 표한다. 그렇다. 그것은 오색찬란한 종합선물세트 같은 6종 나물 되시겠다. 단돈 6,000원에 없는 게 없다. 콩나물, 시금치, 고사리, 무생채, 애호박, 나머지 하나는 정체 모를 나물까지 포함되어 있다. (이것도 근래 천 원 오른 가격이라 슬프다) 건강은 물론이요, 색색마다 보기에도 좋은 영양 만점이다. 직접 만들 생각은 엄두도 못 내지만 혹여나 시작했다면 오늘 내로 저녁 구경도 못 할 것을 예감한다.

남편의 저녁 메뉴는 고기가 주일 때가 많다. 내가 직접 준비하지 않으니 이래라저래라 할 수 없다. 음식 준비하는 데 손이 많이 간다. 무엇이든 만들어 준다면 주는 대로 감사히 먹었다. 남편이 늦을 땐 꼭 기다렸다는 듯이 틈새를 공략한다. 한 번이라도 더 나물을 먹이고자 하는 어미의 큰 뜻이 있었다. 요리 똥손이지만 아무거나 막 먹이고 싶진 않았다. 퇴근하고 시장에서 발 빠르게 재료를 사 가는 주부들이 있다. 자칫하면 사고 싶은 메뉴를 못 살 때가 있다. 특히 인기 메뉴인 떡갈비나 그 자리에서 튀겨 주는 돈가스는 이미 문을 닫는 가게도 있었다. 큰아이에게 나물을 사 갈 수밖에 없는 핑곗거리가 아닌 진짜 문을 닫아서 못 샀다며 큰소리칠 수도 있다. 나물은 그에 비해 경쟁률이 낮다. 느긋하게 가도 재료는 항상 준비되어 있었다.

커다란 양푼이 그릇에 세 명이 먹을 따끈한 밥을 먼저 덜어 놓는다. 그 위로 6종 나물을 올려 가위로 먹기 좋게 쫑쫑 자른다. 아무리 보기 좋고 영양이 있다지만 맛이 없다면 아이들에게 너무 미안하다. 그럴 일은 절대 없다. 믿는 구석이 있었으니 우리 집엔 비밀병기 삼총사가 있다. 다른 건 몰라도 달걀과 참기름, 간장만큼은 떨어지게 두지 않는다. 혹여나 나물이 없더라도 달걀과 참기름, 맛 든 김치만 있다면 한 끼 뚝딱 할 수 있다. 그에 비하면 현재 메뉴는 좀(많이) 과장해서 진수성찬이라 우겨 본다. 인원은 세 명이지만 계란프라이는 네 개를 굽는 호화스러움은 덤이다. 참기름도 넉넉히 둘러 준다. 6종 나물들이 서로 얽히고설키는 동안 참기름 향이 솔솔 코끝을 간지럽힌다. 잘 비벼진 나물밥을 세 개의 밥그릇에 옮겨 담는다. 만드는 시간조차 속전속결이다.

단돈 6,000원에 세 명의 한 끼 식사가 완성되었다. 그것도 한 끼만 해결되느냐? 내일까지도 먹을 수 있다. 이 얼마나 알뜰살뜰한 주부란 말인가. 저녁 한 끼에 가정 경제까지 지켰다고 생각하니 어깨 뽕이 절로 솟구친다. 1석 3조의 아이템 획득을 한 것처럼 내심 뿌듯함을 감출 수가 없다. 이런 게 바로 6,000원의 행복이 아닐까.

어디까지나 나만 행복한 것 같은 눈치가 보인다. 영 못마땅한 아이들에게 이거 한번 먹어 보라며 정성스레 비빈 나물밥을 내밀어 본다. 혹여나 먹기 싫다고 반항이라도 한다면 극단적인 어미의 성격상 싱크대로 바로 밥그릇이 날아갈지도 모른다. 이왕 먹을 거 인상 좀 펴지. 밥 한 톨 안 남기고 잘 먹을 거면서 그런다. 아니나 다를까 좀 많이 비볐나 하는 걱정도 잠시 더 덜어 먹기까지 하는 아이를 보니 역시나 내 생각이 맞았다는 결론이 든다. 이러니 반찬 가게를 사랑하지 않을 수가 없다. 다음에 남편이 늦을 시 여전히 정신적 안정을 누릴 곳으로 향할 것이다. 엄마도 양심은 있지. 그때는 오늘 먹어 보지 못한 다른 나물로 대체해야되겠다. 그리고 매의 눈으로 손쉽고 빠르게 먹을 수 있는 메뉴를 탐색해 봐야겠다. 문 닫기 전 미리 전화해 두는 감각도 겸해야겠다. 나물밥도 군말 없이 잘 먹겠다는 약속을 받으면 떡갈비도 추가해 줄 것이다. 그러면 아이들의 얼굴에도 조금의 웃음꽃이 피어날 것 같다. 애들도 좋고 나도 좋은 선택이 현명하다. 이제 시장만 간다고 하면 너무 놀라지는 말아 주었으면 한다. 인상은 좀 돌아갈지언정 어미의 부족한 저녁을 잘 먹어 줘서 고맙다.

워킹맘은 속전속결 한 끼 메뉴가 끝이 나면 그제야 오늘 해야 할 일을 다 한 것만 같다. 가끔이지만 식사를 준비하는 마음이 무겁다. 일찍 퇴근하는 남편에게 저녁 시간이 다가오면 오늘 메뉴는 무엇이냐며 메시지를 보낸다. 아이들이 전화하는 마음을 알 것 같다. 매번 메뉴를 정하는 일은 신경이 쓰인다. 매일 저녁 준비의 고충을 알 것 같다. 배달시켜 먹자 할 때 또 시켜 먹냐고 핀잔을 주지 말아야겠다. 얼마나 고민이 많았을까. 그저 주는 대로 받아먹을 생각만 하였다. 나는 가끔 김치랑 밥만 먹어도 괜찮지만, 아이들은 그렇지 않다. 무엇이든 직접 해 보지 않으면 그 마음 알 수 없다. 아이들은 7시가 되면 집에 오는 길에 아직도 전화한다. 매번 먹고 싶은 메뉴만 나올 수 없다.

먹고사는 문제 고단하지만, 꼭 해결해야 할 일이다. 그저 한 끼 대충 때울 수도 있지만, 매번 그럴 수도 없다. 저녁 메뉴는 소소하지만 매일 결정 내려야 할 문제다. 부부가 함께 고민해야 한다. 그게 안 되면 식사 담당을 하는 이에게 모든 걸 맡기되 부담은 주지 말아야 한다. 그게 싫으면 적극적으로 동참해야 한다. 작은 것부터 같이 고민하고 해결해야 하는 것이 부부가 함께 살아가는 방법이 아닐까. 저녁 문제에 빠지고 싶다면 뒷정리는 필수다. 설거지라도 해야 한다. 안 먹고 안 치우면 얼마나 편할까. 그래서 외식의 유혹이 생겨나지만, 현실은 그렇지 않다. 아니면 오늘처럼 나물이라도 사 와야 한다. 맛도 건강도 놓칠 수 없는 경제적인 선택이다. 6,000원의 행복이라도 자주 누려야겠다.

3.
20도여서 행복합니다

집 안에서 숨을 쉬는데 입김이 나지 않는다. 이 얼마나 감사한 일인가.

2011년 첫째가 생후 6개월이 되었을 때 이사를 했다. 나와 열 살 터울 나는 둘째 언니가 사는 주택 2층으로 오기 위해서다. 1년 뒤 그해 겨울에 둘째가 태어났다. 우리 아이들은 기고 서고 걸을 때부터 외풍이 심한 곳에서 자랐다. 이때만 해도 남편의 퇴근은 늘 밤 아홉 시 이후였다. 오로지 나 홀로 육아를 하던 시절이었다. 누군가에게 의지하고 싶었다. 언니도 직장에 다녔지만 가까이 있는 것만으로도 마음이 놓였다. 그곳에서 만 7년을 살게 될지는 몰랐다. 언니 집으로 이사를 하지 않는다면 오지도 않은 우울증이 올 거라며 남편에게 협박(?)했다. 우울증 대신 얻은 게 있었다. 여름엔 더위, 겨울엔 추위도 함께했다. 사람이 더 그리웠던 때여서 다른 건 생각할 겨를이 없었다. 사실 이만큼 추울 거라곤 상상조차 하지 못했다. 무방비 상태로 받아들일 수밖에 없었다.

창문에 2중 창틀과 단열재를 넣었지만 노후된 주택의 외풍만은 막을 수 없었다. 아이들의 손발은 얼음장 같았다. 그 와중에 1층과 2층을 오가며 이모부를 아버지라 불렀다. 조카들이 아버지라고 불러서 따라 부른 것이 지금은 친아빠(?)에게 아버지라 부른다. 추위 따위 느낄 새도 없이 늘 해맑게 뛰어다녔다. 매번 겉옷을 입히고 수면 양말을 신겨 놓으면 어느새 미끄럽고 답답하다며 벗어던지기 일쑤였다. 한창 뛰어놀아야 할 아이들에게 뛰지 마라 소리 한번 내지른 적 없이 키웠다. 소리에 민감하지 않은 언니와 형부 덕분에 층간소음이란 것도 모르고 살았다. 단지 좀 많이 떨었을 뿐. 그래도 좋았다. 원래 아이들은 시원하게 키워야 한다고 했다. 그 시원함을 넘어 난방 텐트와 욕실 온풍기, 현관 바람막이라는 필수 아이템 없이는 겨울을 나기 힘들었다. 난방 텐트는 캠핑 분위기가 났다. 아늑했다. 펴기만 하면 안에서 이리저리 뒹굴고 난리도 아니었다. 한겨울이 되고 바깥 기온이 영하로 떨어지던 날 아무리 난방 온도를 높여도 10도를 넘어가지 않았다. 바닥만 끓었다. 옛날 보일러 바닥이라 열선이 지나는 길은 띄움 띄움이었다. 뜨겁고 차가운 바닥이었다. 선 따라 잘 누워야 했다. 그러려니 하고 살았다. 겨울만 되면 아이들의 볼은 빨갛게 텄다. 불행인지 다행인지 바깥 기온과 실내 온도가 크게 차이가 나지 않아 의외로 잦은 감기는 달고 살지 않았다. 다른 아이들에 비해 독감도 거의 걸리지 않았다. 면역력이 길러졌을까, 덕분에 아이들은 잔병치레 없이 건강하게 잘 자라 주었다. 자발적으로 들어온다고 했었기에 불평은 없었다. 언니가 퇴근하고 집으로 오면 저녁은 1층에서 먹는 날이 많았다. 자연스럽게 맥주 한잔하며 이야기를 나누는 시간이 좋았다. 낮에는 어린이집에서 마치면 놀이터 탐방하고 밤에는 언니 집에서 시간을 보냈다.

춥지만 행복했다. 7년이 지난 현재 우리 집 기온을 보면 그때가 더욱 생각이 난다. 그렇게 추웠던 곳에서도 버티며 잘 살았는데 하면서 또 그리워한다. 추억이 깃든 곳이다. 7년 동안 언니 집을 내 집처럼 드나들었다. 그 후 언니는 주택을 허물어 원룸 건물을 지었고 우리는 갈림길에 섰다. 다시 들어올 것인지 나갈 것인지 결정해야만 했다. 남편과 상의한 끝에 분가를 결심하고 집을 알아보았다. 그리 멀지 않은 곳에 아파트를 구했다.

그 당시 집주인은 따뜻함을 강조하기 위해서인지 반팔을 입고 있었다. 영하의 날씨에 집안에서 반팔 차림이라니 이곳으로 이사만 온다면 더 이상 추위에 떨지 않을 줄 알았다. 현실은 달랐다. 배로 넓어진 거실 덕에 난방을 무한대로 틀 수는 없었다. 한겨울에 반팔을 입을 일은 없었다. 그 덕에 난방비는 절약했지만 따뜻한 생활은 하지 못했다. 이때도 수면 양말과 겉옷은 필수였다. 집안에서 입김이 나지 않는 것만으로 감사했다.

4년의 아파트 생활을 마무리하고 원룸 건물 4층의 아담한 보금자리로 옮기게 되었다. 한겨울인 1월 현재 우리 집 기온 설정은 20도다. 영하로 내려간 어느 날 거실의 서늘함을 느꼈다. 입김 나오던 시절은 까맣게 잊은 채 그새 춥다고 호들갑이다. 현재 사는 집 온도에 익숙해져 버린 남편과 나는 조심스레 22도로 올려 본다. 얼마 지나지 않아 어느새 집안 온도가 24도가 되었다. 큰아이는 얼굴이 발그스레 피어올랐고 나도 순간 덥고 답답한 공기에 적응이 되지 않았다. 얼른 20도로 다시 내렸다. 한겨울에 집 안 온도를 24도로 지내본 지 결혼하고 15년 만이다. 온기를 넘어 더운 열기에 배가 부른 느낌이다.

작은 거실을 원망하지 않는다. 온도를 조금만 올려도 금방 따뜻해지는 공간에 마음까지 풍족해진다. 다른 집은 이런 온도에 익숙할 것 같다. 지금이 더 특별한 이유가 있다. 따뜻함이 주는 푸근함이다. 이런 순간마저 감사한지 모르고 당연하게 받아들일까 봐 주택에 살던 그때를 자꾸 떠올리게 된다. 이게 뭐라고 복에 겹게까지 느껴진다.

추위에 떨지 않는 것, 몸과 마음이 따뜻한 집, 현재에 욕심을 부리지 않는다면 이보다 더 바랄 게 있을까. 주택에 살 때 추위에 떨지 않았다면 지금의 감사함을 몸소 느끼지 못했을 거다. 추웠지만 견딜 수 있었던 건 가족들이 있어서다. 돌아갈 수 없는 그 시절만의 추억이 있다. 아이들의 해맑았던 웃음소리로 가득한 곳이었다. 지금도 언니와 그리 멀지 않은 곳에 산다. 언제든 가고 싶을 때 갈 수 있다. 잊지 말아야 한다. 지금의 20도는 그냥 온도만을 가리키는 것이 아니다. 그동안 추위에 고생했고 잘 버텼다. 늘 감사함을 잊지 말아야 한다. 모든 것이 당연하다고 여기는 순간 이런 소소한 기쁨도 멀리 달아나 버린다. 20도여서 행복하다. 밤이 되면 22도를 유지한다. 잘 때 반팔을 입는 호사는 덤이다.

4.
엄마에게도 자기계발이 필요해

자주 걷는다. 좋아서도 걷고 의무로도 걷는다. 20대부터 버스 몇 코스 정도는 가볍게 걸었다. 임신하고도 아이를 위해 걸었다. 첫아이를 낳고 유모차를 끌면서 공원을 걸었다. 걷는 게 일상이었다. 처음엔 아무 생각 없이 걸었고 계속 걷다 보니 나를 위한 의미를 부여하기 시작했다.

아이를 잘 키우기 위해 보기 시작한 유튜브가 있었다. 사교육을 시키기엔 부담이었다. 우연히 〈슬기로운 초등생활〉의 이은경 선생님을 알게 되었다. 매일 아침 아홉 시마다 영상을 올렸다. 아이들을 위한 영상이지만 늘 시작하는 말로는 엄마들을 위한 이야기였다. 운동과 독서, 칭찬을 강조했다. 공부도 챙겨야 하지만 따뜻한 말 한마디와 아이와의 관계를 중요시했다. 영상을 보다가 내가 스며들었다. 아이들은 점점 내 뜻대로만 자라지 않는다는 것을 알게 되었다. 스스로 해야 하는 걸 가르쳤다. 가르치기보다 방치에 가까웠다. 준비물과 숙제는 물론이며 아침기상도 알람 맞춰 알아서 일어난다. 일일이 내 손을 거치지 않을 만큼 자랐다. 독서와 운동을 병행하며 나를 키우는 게 더 빠르다는 것을 깨달았다.

『마트 대신 부동산에 간다』 저자인 김유라 작가의 유튜브도 보았다. 매일 밤 열한 시 라이브 방송을 했다. 어떻게 매일 같은 시간에 방송하는지 신기했다. 김유라 작가는 아이가 셋이다. 책을 읽으면서 절약하고 부동산 투자도 했다. 무엇이든 작게 시작하라고 했다. 처음부터 거창할 필요 없다. 거지같이 시작하라는 말 한마디에 용기 내 2020년 7월 블로그도 개설했다. 무엇을 올려야 할지 몰랐다. 다시는 돌아오지 않을 우리 아이들과의 소중한 일상과 매일 하는 걷기를 인증하기 시작했다. 한 명씩 늘어나는 이웃들은 별 볼 일 없는 글을 응원하고 공감해 주었다. 하트와 댓글로 관심을 주니 수시로 들락거렸다. 잘하고 있는 것 같았다. 애드포스트 승인이 날 때까지 꾸준히 올렸다.

2주에 한번은 도서관을 갔다. 아이들에게 다양한 도서와 책 읽는 분위기를 접하게 해 주고 싶었다. 만화책을 주로 보았지만 읽는 게 어디야 하며 집중하며 보는 모습에 뿌듯했다. 갈 때마다 내 책도 한두 권씩 빠뜨리지 않고 대여했다. 평일에 쉬는 날이면 도서관도 갔지만 새마을 금고에서 운영하는 프로그램도 했었다. 그때만 해도 5% 이자를 준다고 하여 버스를 타고 간 곳이다. 마침 꽃 그림 그리기와 기타 강좌가 눈에 들어왔다. 1년 정도 다니면서 새로운 것을 배우니 재미있었다. 하나씩 배워 나가는 동안 온전히 나에게 빠져드는 시간이었다. 버스 대신 왕복으로 걸으면서 이만 보를 찍을 때도 있었다. 꽃 그림 색칠한 것과 기타 배우기도 블로그에 기록했다.

신혼집을 15평 아파트 전세로 시작했다. 아이가 태어나고 언니 집의 2층에서 7년을 살았다. 분가할 시기가 왔고 마침내 결혼 후 9년 만에 자가를 마련하였다. 재테크에 무지한 두 남녀가 만났다. 당장 갚지도 못할 몇억의 대출을 내면 큰일 나는 줄 알았다. 비록 단지는 하나지만 난생처음 내 집 마련한 곳이기에 누워만 있어도 미소가 새어 나왔다. 이때부터였을까. 자연스레 부동산에 관심을 가지게 되었다. 부에 관한 책을 읽고 자기 확언과 긍정의 말을 심어 주는 유튜브도 수시로 보았다. 나도 부자가 될 수 있을까라는 의심부터 들었지만 돈 드는 것도 아니니 계속 찾아보게 되었다.

어느 날 도서관에서 『나도 월세 부자가 되고 싶다』라는 책을 빌렸다. 블로그에 서평을 쓰면서 나도 월세 받고 싶다는 마음이 들었다. 하루빨리 부동산 투자를 시작하라는 말에 마음이 조급해졌다. 여태 나만 부동산의 '부' 자도 모르고 산 것만 같았다. 코로나가 터지고 사람들의 바깥활동이 뜸해질 때 집을 알아보러 다녔다. 35도가 웃도는 대구의 더위를 뚫고 마스크를 쓰고 다녔다. 흐르는 땀이 마스크에 젖어 찝찝했지만, 열정만큼은 식지 않았다. 단지 집을 사야겠다는 생각밖에 없었다. 주말마다 남편이랑 말로만 듣던 임장을 다녔다. 집 근처로 알아보고 싶었지만, 턱없이 높은 가격에 엄두가 나지 않았다. 마침 내가 살던 옆 동네에 급매로 나온 원룸 건물이 있었다. 보증금으로 묶인 금액과 우리가 모은 돈 그리고 가족의 도움으로 매매할 수 있었다. 현재도 유지 관리하며 살고 있다. 매매만 하고 시간이 지나면 가격이 오르는 줄 알았다. 서류상으로는 건물주지만 나는 빚주가 되었다. 매달 들어오는 월세는 치솟는 이자에 가까스로 마이너스만 면하고 있었다. 세입자가 방을 뺄 때 돌려줄 보증금 때문에 마이너스 통장을 처음 만드는 경험도 하게 되었다. 월세 받는 로망이 있었다. 맞벌이라는 이유로 생각만 하던 로망을 실현했다. 현재 함께 벌고 있으니 시도할 수 있었다. 빚 덕분에(?) 불행인지 다행인지 더욱 열심히 살아야 할 이유가 생겼다. 그 덕에 퇴사의 꿈도 점점 멀어져만 간다. 뭐라도 계속해야만 했다.

세입자에게 전화 올 때마다 긴장된다. 입주 청소도 도배도 남편이랑 같이 한다. 페인트는 남편이 한다. 신경 쓸 일이 많다. 감당해야 한다. 거저 얻어지는 건 없다. 원룸 매매를 실패로 단정 지을 순 없지만 보장된 미래라고도 장담할 수 없다. 버티면서 나아간다. 그것이 최선이다.

블로그를 시작하고 자연스레 인스타에도 관심을 갖게 되었다. 자신을 세상에 알리는 시대인만큼 해야만 할 것 같았다. 블로그에 글 하나 발행하는 것만으로도 쩔쩔매던 때였다. 글쓰기가 버겁던 중 인스타는 단비와 같았다. 사진 몇 장과 짧은 글만으로 나를 표현할 수 있었다. 이내 블로그에 매일 만 보 인증하던 것을 인스타로 옮겼다. 그리고 단 몇 줄이라도 쓰던 글과 멀어지게 되었다. 글쓰기가 버거워 옮긴 인스타에서 더 쉽게 좋아하는 작가들의 일상을 보게 되었다.

현재 브런치스토리라는 플랫폼에 글을 올린다. 이곳을 알게 된 배경도 이은경 선생님의 인스타를 통해서였다. 브런치는 먹는 건 줄로만 알았던 내가 오로지 팬심 하나로 시작했다. 실시간 줌 수업을 한다 했다. 직접 만나지는 못하더라도 얼굴 보고 수업을 듣고 싶었다. 과제가 힘들었지만, 꾸역꾸역 써 냈다. 생전 글이라고는 일기가 다였던 내가 브런치스토리작가가 되었고 1년 넘게 지속 중이다. 관심이 없고 SNS를 하지 않았더라면 알지 못했다. 모든 건 연결되어 있다. 무엇을 좋아하는지 조금이라도 관심이 있는 곳을 파고들었다.

이은경 선생님도 매일 1일 1영상을 올리고 김유라 작가도 매일 라이브를 통해 꾸준함을 보여 주었다. 어떻게 매일 할 수가 있어. 그때는 알지 못했다. 절실했고 이거 아니면 안 된다는 단호함이 있었다. 누군가를 돕고 싶은 진심이 느껴졌다.

읽고 쓰는 하루로 살고 있다. 브런치스토리에 1일 1글도 올려 보고 며칠에 걸쳐 글을 묵혀 둔 다음 발행하기도 한다. 책을 쓰기로 마음먹은 건 하루 만에 결정된 문제가 아니다. 책은 아무나 낼 수 없다고 생각했다. 학창시절 글쓰기라면 질색을 하던 내가 글을 쓰고 있다. 많은 연결고리로 여기까지 오게 되었다. 지금 쓰고 있는 내가 기적인지도 모른다.

아무도 나에게 관심이 없다. 누군가가 나를 알아봐 주기 전에 내가 먼저 나에게 관심을 둔다. 나만 봐 주기를 기다렸다면 아무것도 시도하지 못했을 것이다. 내가 먼저 나에 대해 무얼 좋아하는지 물어보았다. 질문과 동시에 몸을 움직인다. 일단 걸었다. 걸으면서 생각했다. 글을 쓰기 전부터 만 보 인증은 하고 있었다. 나에게 만 보 걷기는 남다른 의미가 있다. 내가 관심 있어 하는 작가들이 매일 라이브를 하고 영상을 올리듯 나는 매일 걸었다. 내가 할 수 있는 선에서 꾸준하다는 걸 보여 주고 싶었다. 단순하지만 몸을 움직이면 마음도 같이 움직인다. 몸과 마음이 같이 움직이면 시너지가 일어난다. 내가 낸 에너지로 다시 힘을 얻는다. 지금은 글 쓰는 시간도 소중하기에 매일 인증을 하지는 못한다. 걷기의 끈도 놓칠 수 없다. 어느 순간 읽고 쓰는 하루가 내 삶 깊숙한 곳으로 자리 잡았다. 자기계발은 하고 싶은데 무엇부터 시작해야 할지 모르겠다면 먼저 가볍게 걷기를 추천한다. 몸을 움직이다 보면 자연스레 생각이 열린다. 무엇이든 관심이 있는 곳을 파고드는 시간을 가지기를 바란다. 엄마에게도 자기계발이 필요하다.

5.
술을 끊는다는 결심

　글 쓸까, 술 마실까. 이게 뭐라고 그렇게 고민이 된다. 불과 2년 전만 해도 나는 글을 쓰지 않았다. 쓰지 않았기에 시간도 많았고 저녁만 되면 술을 마셨다. 일하고 온 노곤함을 술로 달랬다. 글을 쓰기 시작하고는 글도 쓰고 술도 마셨다. 발행 후 마시는 맥주는 더 짜릿했다. 아니면 술을 마시며 글을 쓰면 된다. 기깔난 내용 하나 건질 수만 있다면 취기를 빌려서라도 쓰고 싶었다. 그러다 발행이라도 누를 참이면 대참사가 일어나기에 특별히 신경 써야 한다.

　술은 나를 시험에 들게 한다. 지금 마셔 당장 먹고 싶을 때 마셔야지 시간 지나면 찐 맛 없어진다며 귓가에 속삭인다. 이런 꼬임엔 더 지체할 시간도 없이 쿵짝도 이런 궁합이 없다. 글쓰기를 이어 가지 못하는 이유는 수만 가지인데 술 마시고자 하는 마음은 세상 단순하다. 그냥 마시고 싶으니까. 한때 알코올중독을 인정하면서도 글쓰기와 음주를 계속 이어 가고 싶었다. 그러기엔 글에 매진할 수 없었다.

　혼술과 인생은 꽤 닮았다. 서두를 필요가 없다. 급하면 탈이 난다. 때론 함께 하지만 결국은 혼자 마무리를 해야 한다. 술을 마시는 사정은 모두 다르다. 결국은 지금 당장의 쾌락을 위해 마시는 이유가 다다. 글을 쓰면서 술잔을 기울였다. 더 날것의 내가 있으니 퇴고는 다음 날의 나에게 맡긴다. 세상과 잠시 떨어지고 싶은 마음에 혼술을 하는 게 아닐까. 나와 더 친하게 지내고 싶어서인지도 모르겠다. 혼자 사는 것도 아니면서 왜 자꾸 혼술 타령인지.

혼술이 주는 위로가 있다. 기뻐도 슬퍼도 음식만 봐도 생각난다. 혼술을 하는 중에는 그 누구의 방해도 없다. 짠할 이유도 누군가를 위해 따라 주지 않아도 되는 나만의 속도로 마실 수 있다. 오로지 나만 생각한다. 내가 나를 위로한다. 이게 혼술의 가장 큰 매력이 아닐까. 마시다 보면 서서히 취기가 올라오는 그 순간을 감지한다. 술을 마시는 이유는 취하기 위해서다. 나를 내려놓는다. 못생겨도 된다. 한 잔의 술을 따르며 별거 없는 오늘을 살아 내느라 버텨 낸 나에게 짠 하며.

혼술을 좋아하지만, 그 마음 잠시 내려 둔다. 밀고 당기기를 못한다. 적당히가 없었다. 좋은 마음이 과하면 걷잡을 수 없게 된다. 통제하는 능력이 무너져 스스로 단념해 버렸다. 일주일이 고비였다. 딱 나의 주량만큼(마실수록 조금씩 늘지만) 마시고 걷는 루틴까지 이어 갔으니 늘 인사불성은 아니었다. 언제 다시 시작해도 이상하지 않을 만큼 빈틈을 주고 있다. 한편으론 금주를 이어 갈 수 있기를 남몰래 다짐한다. 그렇게 고군분투하던 중 어느 날 내 눈앞에 나타난 운명적인 문장을 읽게 된다.

평생 마시던 술을 끊었다. 과연 가능할까 스스로도 믿지 못했다. 1년 6개월.
한 방울도 마시지 않았다. 이 또한 '무식한 반복'이었다. 그냥 마시지 않는
것. 결심하고, 선언하고, 마시지 않는다. 이게 전부였다.

일상과 문장 사이_이은대

한번 술을 마시면 최소 두 시간 이상이 소요됐다. 일주일에 세 번 술을 마시
면 여섯 시간이 소모되었다. 술을 끊겠다고 결심한 뒤로 나는 술을 한 모금도
마시지 않았다. 술을 끊은 덕분에 많은 시간을 확보할 수 있었고, 보다 명료
한 정신으로 내가 해야 할 일에 열정을 쏟을 수 있었다.

웰씽킹_켈리 최

'무식한 반복'과 '시간을 확보할 수 있다'는 내용이 유독 눈에 꽂혔다.
글을 쓰지 않았다면 그 어떤 문구를 보아도 동하지 않았을 것이다. 나만
그런 게 아니다. 인생의 성공에 도달한 작가들도 술을 끊는다는 결심을
단호하게 해야만 했다. 같은 마음으로 시작했다. 술 그까짓 것 그냥 안
마시면 된다고 쉽게 단정 짓는 사람들은 절대 알 수 없는 우리(?)만의 다
짐이 있다. 끊고 맺는 의지 글을 쓰며 다잡아 본다.

술 한 잔에 세상 모든 의미를 부여하며 마신 지난날들이 있었다. 글을 쓰든 금주를 하든 처음이 가장 힘들다. 몇 번의 시행착오 끝에 겨우 안정기에 접어들었다고 말하지만 방심해서는 안 된다. 술을 마시면 시간 가는 줄 모른다. 어느 순간 그 속에 빠져들어 한잔이 두 잔 되고 술이 술을 부르는 지경에 이르게 되면 다시 되돌릴 수 없다. 마실 땐 이왕 마신 거 뒤돌아보지 않고 원 없이 즐겼고 이내 습관이 되었다. 아침만 되면 후회하고 자책했다. 왜 매번 같은 후회를 반복하게 되는지 알지만 고칠 수 없었다.

저녁마다 반찬이 안주가 되는 환상의 술상을 맞이했다. 퇴근길 방심하여 술을 사 오지 않을 시 혹여나 김치찌개나 고기반찬이라도 나온다면 빛보다 빠른 속도로 마트에 향했다. 술을 마실 땐 어떡해서든 술이 먼저였고 오늘 할 일은 당연히 내일로 미뤄졌다.

금주를 시작하며 최대한 다른 일에 몰두한다. 글 한 문장 써 내는 데에도 30분은 그냥 간다. 마침 이거라는 글감에 꽂히기라도 한다면 살얼음 낀 맥주잔을 쉬지 않고 벌컥벌컥 넘기는 듯 짜릿한 글(목) 넘김을 만끽하기도 했다.

단기가 될지 장기전이 될지도 모른 체 23년 10월 13일 금주가 시작되었다. 오늘까지 마시지 않은 날을 후회한 적 있는가? 그렇지 않다. 술을 마신 다음 날 후회는 해도 그때 먹었어야 했는데라는 후회는 없다. 퇴근 후 저녁만 무사히 넘기면 된다. 다음 날 아침 잘 견뎌 낸 나를 칭찬했다.

당연하게 안 마시면 된다고 단념하는 게 어려웠다. 이 글을 처음 브런치 스토리에 발행한 날이 금주한 지 47일째였다. 유지하고 있음에 뿌듯했다. 스스로 하루하루 버텨내고 있는 나 자신을 쓰다듬었다. 요즘은 술 마실 시간에 얼른 저녁을 먹고 운동하고 글을 써 내는 일로 대신한다.

술 얘기를 하니 술술 잘도 이야기한다. 무슨 미련이 남은 건지 아직도 술에 대한 애정을 완전히 놓지 못한 건지. 마음만 먹으면 바로 마실 수 있는 환경에서 다가갈 수 없는 애틋함이 있다. 손만 뻗으면 닿을 듯 말 듯 한 그리움마저 이젠 즐기는 여유까지 생겼다. 어쩔 수 없이 금주했다면 하루하루가 괴로울 뻔했다. 요즘 한 거 없이 시간이 모자라다. 그러니 술 마실 시간조차도 아깝게 느껴지는 경지에 이르렀다. 술은 그 어떤 것보다 유혹이 강하다. 글을 쓰기 전에는 금주할 목적이 명확하지 않았다. 흔들리는 마음을 잡아 줄 동아줄이 간절했다.

술을 마시면 채워지지 않는 무언가가 있다. 인정이다. 나 혼자 좋다고 마시는 거지. 누구도 나에 대해 관심을 두지 않았다. 인정과 공감을 받고 싶었다. 글을 세상에 내놓으면 나도 그랬다는 위로와 공감을 해 준다. 술은 그때뿐이다. 글쓰기는 혼자만의 외로운 싸움이다. 그럼에도 이어 가기로 한 이유는 충분했다. 술보다 글에 빠지게 된 이야기를 공유하고 싶어졌다. 음주 대신 쓰기를 선택했다. 글쓰기에 매진해도 시원찮을 판국에 쓰기에 방해되는 장애물은 만들고 싶지 않았다. 현재는 그러하다. 혼술을 장려하는 것도 금주하라고 독촉하는 글도 아니다. 어떤 선택을 하든 현재 내가 건강하게 즐거우면 된다. 내가 한 행동에 후회하지 않으면 된다. 나는 도 아니면 모였다. 적당히가 되지 않았다. 선택은 오로지 나의 몫이다. 틀린 건 없다. 쓰기 위해 무작정 술을 끊기로 결심했다.

6.
운동 인증을 하는 이유

　꾸준히 걷고 있다. 20년 8월부터 블로그에 운동 기록을 올렸다. 실내 자전거 타기와 점심시간에 8층까지 계단 오르기, 만 보 인증을 번갈아 가며 올렸다. 좋아서도 걸었고 나가기 싫은 날과 화가 났을 때도 걸었다. 캐시워크 앱으로 인증을 하다 보니 캐시를 모아서 커피를 사 먹는 재미가 쏠쏠했다. 걷다 보니 빨리 걷게 되고 점점 뛰고 싶어졌다. SNS에 러닝 챌린지를 신청하여 달리기도 시작했다. 특히 나무가 우거진 공원에서의 달리기는 자연과 하나가 되는 기분이다. 가끔 집 앞 학교 운동장에서도 뛰곤 하는데 역시나 공원이 더욱 달릴 맛이 난다. 혼자 뛰는 사람도 있고 달리기 동호회 모임도 보인다. 어느 날 달리기하는 그룹이 지나가길래 조용히 뒤를 따랐다. 소속감이 든 기분이었다. 이내 속도 차이로 계속 따라가지는 못했지만, 이곳에서 함께 달리는 사람들이 있는 것만으로도 힘이 났다. 모든 운동은 나와의 싸움이다. 챌린지는 끝이 났지만 달리기는 이어 간다.

　처음 달리기는 15분으로 시작했다. 안 하던 달리기를 뜬금없이 하려니 몇 분 만에 숨이 찼다. 이 정도로 저질 체력이었다니 지금껏 매일 걸어온 게 허탈할 정도였다. 다리의 고통은 4일 만에 잠잠해졌고 이제는 틈틈이 뛰고 있어 아픈 곳은 없다. 15분으로 시작한 달리기는 3킬로미터로 연장하면서 시간은 5분 정도 더 늘어났다. 말이 5분이지 몸으로 느끼는 차이는 꽤 컸다.

초보 러닝으로서 더도 덜도 아닌 3킬로미터가 딱 맞았다. 러닝 앱을 열고 시작 버튼을 누른다. 달리기는 속도 조절이 관건이다. 처음부터 의욕이 넘치면 얼마 못 가 다리에 힘이 풀려 꼬일 수가 있다. 빨리 달릴 필요도 없다. 같이 뛰는 사람도 없으니 나만의 속도를 유지하며 호흡만 신경 쓴다. 절대 무리하지 않는다. 일주일에 두세 번은 뛰었다. 3킬로미터 완료 후 기록이 나오는 순간 그 뿌듯함이란. 오늘도 해냈다는 작은 성취감이 다음에도 뛰게 만든다. 그나저나 이제 겨우 뛰는 맛을 보기 시작했는데 어느새 쌀쌀맞은 겨울이 왔다. 계속 뛸 생각은 있는지 겨울에 달리기하는 방법을 검색해 본다. 비니와 장갑 얇은 옷을 겹쳐 입어야 하는 꿀팁을 얻었다. 섣불리 그냥 들이댔다가는 겨울 내도록 골골거릴 수 있다. 운동 흐름만은 끊이지 않게 걷기와 실내 자전거를 병행하기로 한다.

다이어트를 위해 운동을 시작했다면 꾸준하지 못했을 것이다. 걸으면서 내가 무얼 좋아하는지 생각해 보았다. 몸을 움직이면서 생각하면 하고자 하는 마음이 더 일렁인다. 남들이 좋다고 권하는 운동 직접 해 보지 않으면 그 매력은 알 수 없다. 일단 시도해 보면 내 것인지 아닌지 감이 온다. 달리기는 꾸준히 걸은 덕에 시작할 수 있었다.

휴무일 오전 내도록 글 하나 붙잡고 씨름을 했다. 좀처럼 진도는 나가지 않는데 시간은 무심히 잘도 지나간다. 엉덩이만 무겁게 앉아 있을 때가 아니었다. 아이들에게 도서관에 같이 가자고 했지만 돌아오는 건 혼자 갔다 오라는 말뿐이었다. 도서관 매점에서 돈가스를 사준다고 유혹해 보았지만 잠시 움찔할 뿐 따라가지 않는단다. 본인이 읽고 싶은 책만 빌려 오란다. 이미 아침 겸 점심으로 짜파게티를 먹은 후였다. 굶길 걸 그랬다. 오히려 잘된 건지도 모르겠다. 공원도 안 걷는다는 아이들을 내버려두고 혼자 나왔다. 고맙다. 덕분에 엄마는 새로운 시도를 해 보기로 한다.

스트레칭을 하는데 뛰기도 전부터 심장이 나댄다. 유난히도 몸을 풀었다. 생전 도전해 보지 않은 5킬로미터를 뛰기로 마음먹었다. 맨 처음 도전한 15분을 시작으로 그다음 3킬로미터를 뛰었다.

매일 운동을 인증하는 단톡방이 있다. 다른 작가가 5킬로미터 러닝 인증을 올리는 것을 보고는 나도 언젠가는 한번 해 보겠다며 속으로 다짐했었다. 며칠 전 오르막을 뛰고 나서부터 알 수 없는 자신감이 붙었다. 오늘이 그날이다. 햇살 좋은 오후였다.

시작부터 오르막이다. 출발지점을 잘못 골랐다. 몇 분 지나지도 않았는데 벌써 다리에 철 덩어리를 매단 것 같았다. 절대 뛰는 호흡 지켜 가며 무리하지 않기로 했다. 평지로 돌아서니 조금 살 만해졌지만 숨은 찼다. 이미 달리기를 해 온 장소라 어느 지점쯤 가면 얼마만큼 거리가 되었는지 대략 가늠할 수 있었다. 3킬로미터까지는 시간을 확인하지 않았다. 문제는 그 이후부터다. 마침 또 오르막이다. 역시나 5킬로미터는 무리였을까. 호흡이 고르지 못하다. 숨 쉬는 방법을 잊어버린 것 같다. 최대한 느리게 숨 쉬려 했다. 호흡이 가파를 땐 일부러 더 천천히 뛰었다. 오르막은 거의 제자리 뛰기 수준이었지만 걷지는 말자 했다. 침 한번 삼키는 것도 겨우 넘겼다. 내리막을 뛰면서 다음부터 다시는 하나 봐라. 역시 3킬로미터가 나한테 딱이야를 되새기며 후회했다. 이미 3킬로미터를 뛴 게 아까워서라도 끝까지 뛰기로 했다. 종료음은 울리지도 않는다. 대략 30분은 예상했으나 생각보다 더 길게 느껴졌다. 공원을 한 바퀴 뛰고 운동장으로 들어와서도 몇 바퀴를 돌았는지 기억도 안 난다. 기록을 확인할수록 더 숨이 찼다. 드디어 종료 진동이 울렸다. 기쁨보다 얼른 앉고 싶었다. 동공이 흔들리고 속이 울렁거렸다. 현기증도 났다. 인증을 남기려는데 순간 기록이 보이지 않는다. 머리가 하얗다. 침착하고 다시 확인하여 이 역사적인⑺ 순간을 저장했다. 3킬로미터보다 10분 더 연장된 시간은 한 시간 같이 느껴졌다. 땀으로 범벅되어 패딩을 벗고 벤치에 멍하니 앉았다. 몇 분 안가 한기가 느껴져 얼른 옷을 주섬주섬 껴입었다.

뛰면서 온갖 잡다한 생각이 났다. 이렇게 힘들게 뛰었는데 내 반드시 이 과정을 기록하리! 그냥 뿌듯하다에서 끝내기 싫었다. 몸이 힘드니 오전에 글 때문에 몇 시간 동안 머리 쥐 났던 건 생각도 안 났다. 뛰는 순간은 시간이 멈춘 것만 같다. 오전에 글을 쓰고 오후에 달리기를 하니 하루키의 일상을 잠시나마 체험해 보는 것 같았다. 퇴사하면 이런 삶을 이어갈 수 있을까라는 생각도 잠시 해 본다.

시간을 붙잡을 수 있는 두 가지 방법 글로 일상을 남기고 달리면서 지금 이 순간 온전히 살아 있음을 느낀다. 비록 거리를 연장하여 숨넘어갈 뻔했지만, 하루가 지나고 몸이 진정되자 다시 스멀스멀 생각이 난다. 마치 첫 아이를 출산하고 1년 뒤 둘째가 생각나는 것 같다. 다음에 뛰면 조금 덜 힘들지 않을까 하는 마음이 또다시 꿈틀댄다. 좋은 중독이다. 10킬로미터는 감히 엄두도 못 내지만 생전 경험해 보지 않은 일을 한다는 건 평범한 일상에 활기를 넣어 준다. 다행히 맨 처음 달리기를 했던 날처럼 온몸이 뻐근하지는 않았다. 콧물은 이틀 만에 멈췄다. 나의 한계를 조금씩 넘어서는 일은 분명히 흥미진진한 일이다. 다음 달리기가 긴장되면서도 설레게 다가오는 이유다.

군이 뛰어야 하는 이유 혹은 자주 걸으려고 하는 이유가 있다. 글을 쓰기로 했으니 직접 경험했던 걸 쓰고 싶었다. 걷고 뜀으로서 글로 기록하고 운동 인증도 할 수 있다. 매일이 아니어도 한번 뛰어도 나에겐 큰 경험이 된다. 마라톤을 목표로 바랐다면 시작도 하지 못했을 것이다. 운동하고 글을 쓴다. SNS에 운동 인증을 하면 기분이 좋아진다. 내 의지로 뛰었고 걸었다. 나를 위한 기록이 한눈에 보인다. 작은 성취감이 나날이 쌓여 간다. 내가 한 일에 의미를 부여하면 하루가 특별해진다. 그 특별함은 내가 만든다.

아침에 달리기를 하고 과일과 야채를 먹었다. 운동 후에 먹는 음식은 유독 신경이 쓰인다. 샐러드까지 챙겨 먹으면 더할 나위 없다. 저녁까지 커피와 빵도 먹었지만 운동을 했다는 이유로 조금 안심이 된다. 믿고 먹을 때도 많다. 오늘 한 운동 인증을 남긴다. 내가 남긴 사진으로 그때의 생동감이 다시금 떠오른다. 눈으로 보고 다시 움직여야 한다는 걸 느낀다. 걷고 뛰는 동안 세상의 중심은 내가 된다. 오로지 나에게 집중하는 시간. 지금 밖으로 나가는 수밖에 없다. 내가 운동 인증을 하는 이유다.

7.
아침밥이 뭐길래

새벽 기상은 물 건너갔지만, 아침에 해야만 하는 일이 있다. 아이들 아침밥을 챙겨 주는 것이다.

나만의 시간을 중요시한다. 내 시간은 퇴근 후라도 걷든지 자기 전에라도 가질 수 있지만, 아침밥은 저녁으로 대체할 수 없다. 글쓰기만큼이나 아침 식사를 중요하게 여기지만 내 의지와 상관없이 몸이 움직여지지 않을 때가 있다. 아이들이 냉동 주먹밥을 알아서 전자레인지에 돌려 먹고 가는 날은 그나마 마음이 놓인다. 한편으론 자주 주고 싶은 마음은 없다. 이마저도 아침을 못 먹이고 보낼 때가 있다. 어떤 날은 준다 해도 안 먹는 날이 있다. 괘씸하다. 어떻게 너를 위해 큰맘 먹고(?) 일어났는데 어미 마음을 알아주지 않은 탓에 속이 상한다. 유독 아침밥을 먹이지 못하면 엄마로서 마땅히 해야 할 일을 못 한 것 같아 죄책감이 밀려온다.

글을 쓰면서 엄마 아닌 나로서의 만족감은 높아지지만, 그 핑계로 아이들에게 소홀해진 것 같아 미안하다. 마침 그들도(?) 사춘기라는 성을 쌓고 있어 더 이상 관심을 주지 않는 게 서로의 정신 건강을 위한 일이라며 위안 삼아 본다. 그래도 최소한의 지켜야 할 일은 있으니 퇴근 후 서로 얼굴을 보며 인사하는 건 필수다. 요즘 의무라도 중2 딸에게 뽀뽀를 자주 하려 한다. 어릴 때보다 무심해진 건 사실이니까. 뽀뽀하려고 들이대면 안 피해 주는 것만으로도 감사히 생각한다.

아침밥이 뭐길래 나도 어미라고 꽤 신경이 쓰인다. 엄마라면 아이들 아침 챙기는 것은 마땅한 의무라는 생각이 든다. '아니, 엄마가 아침밥 챙겨 주는 건 당연한 거고 학생이 해야 할 일은 왜 안 하는 건데?'라는 의식의 흐름은 아직도 철이 덜 든 모양이다. 누가 정했나 아침은 엄마가 줘야 한다고. 이런 말 같지 않은 생각도 해 본다. (그럼 왜 낳았느냐는 질문이 맞겠다) 나도 아침 먹기 귀찮아 안 먹는다고 누구에게 할 말도 아니다. 어른은 일부러 간헐적 단식이라도 하지만 아이는 한창 공부하고 성장할 시기라 아침은 필수다. 너무 허기지면 수업에 집중이 되지 않는다는 것도 잘 안다. 저녁은 나보다 이른 퇴근을 하는 남편이 차려 준다. 아침까지 해 달라는 아주 양심 없는 사람은 아니기에 이제 투정은 그만 부리기로 한다.

아침을 먹이고 싶어 하는 마음을 눈치챈 첫째는 이상한 협박(?)을 하기 시작한다. 머리를 말려 달란다. 드라이하는 동안 밥을 먹겠단다. 바빠서 밥을 먹을 수 없다는 소리다. 난 아이의 일을 대신 해 주는 일은 거의 없다. 두 번 말려 주었다. 엄마가 늦게 일어나니 아이의 버릇까지 이상해진다. 나부터 똑바로 서야겠다.

"내일 아침에 뭐 먹어요?" 큰아이가 묻는다. 아침 메뉴라 해 봐야 달걀 밥, 어제 남은 찌개나 국, 김 싸 주기 아니면 과일인데 그렇게 궁금한가 보다. 무심코 뭐라도 주면 내 할 일은 끝났다고 생각했다.

어느 날 TV에서 유독 눈에 띄는 메뉴가 있었다. 이거는 할 수 있겠다싶었다.

"엄마가 내일 아침에 맛있는 거 해 줄게!"

부푼 포부와 달리 아이들은 딱히 별 기대 하지 않는 눈치다.

그날의 아침 메뉴에 따라 하루의 시작이 달라질 수 있다. 그걸 알면서도 시도했다. 무모한 도전이랄까. 요즘 핫하다는 양배추덮밥이다. 〈나혼자 산다〉라는 프로그램에서 규현이 만든 걸 보고 말았다. 건강에도 좋고 간단해서 따라 할 만하다 생각했다. 아침엔 무조건 금방 만들 수 있는 걸 선호한다. 양배추를 저녁에 미리 채를 썰어 놓고 씻은 다음 물기를 빼놓았다(이런 준비성이란). 시간 단축을 위해서다. 집에 참치가 없다. 스팸이라도 넣어 줘야겠다. 다음 날 아침 겨우 눈을 뜨자마자 프라이팬에 기름을 두른 후 양배추부터 넣고 마구 볶아 댄다. 양배추의 숨이 죽으면 굴 소스 한 숟가락을 넣어 준다. 양념이 잘 배도록 달달 볶는다. 다음이 핵심이다. 중간에 달걀 넣을 공간을 비워 둔 채 계란 하나를 톡 깨뜨렸다. 익어야 하는데, 맞다. 뚜껑 덮어야지. 마음이 급하다. 바닥이 탈까 봐 대충 몇 초 덮은 다음 바로 뚜껑을 열었다. 덜 익었다. 뒤적뒤적저었다. 어차피 먹으면 그만이다. 내가 아는 그럴싸한 모양은 연출되었으니 맛만 있으면 되었다.

아이들은 아침을 적게 먹는다. 아침부터 많이 먹는 게 부담도 되겠지만 저녁에 비해 맛있는 메뉴가 나오지 않는다는 것을 아는 걸까. 그래서 줄인 건가. 별의별 생각이 났지만 뭐, 나도 아침은 잘 안 먹으니 그러려니 한다. 밥을 푸고 그 위에 익힌 양배추를 소복이 올려놓았다. 풍미를 더해 줄 참기름도 잊지 않고 쪼르르 따라 주었다. 나만 흡족한 아침밥을 만들었다. 아이들이 먹기만을 기다린다. 아침부터 고생한 나는 이부자리로 기어 들어갔다. '잘 먹고 있겠지?' 어디선가 희미하게 들려오는 목소리. 환청이길 바랐다. "밥 남겨도 되지?" 들었지만 들리지 않는다. 첫째는 반을 남겼고 그나마 최선을 다한 둘째는 한 숟갈 남겼다. 이럴 거면 다 먹지. 그래, 먹는다고 고생했다. 아, 스팸을 안 넣었구나. 괜한 탓을 해 본다.

"내일 아침에 짜파게티 끓여 주면 안 돼요?" 당일 저녁 큰아이가 물어본다. 아침부터 라면이라니 인상부터 돌아갔지만 절대 안 되는 건 없다. 최대한 미루고 싶을 뿐이지. 차라리 늦게 먹는 것보단 낫다. 오늘 양배추 덮밥 일도 있고 해서 괜히 미안하기도 했다. 내일은 본인이 원하는 걸 주고 싶었다. 아침엔 많이 안 먹으니 동생이랑 반 나눠 먹는다고 한다. 알겠다고 하자 그제야 얼굴에 미소가 번진다. 아직 해 주지도 않았는데 벌써 환하게 웃는 모습에 해 준 것처럼 덩달아 흐뭇해진다. 자주 주지 않는다는 걸 알기에 더 좋았던 모양이다.

다음 날 아침 파김치와 야무지게 싸 먹는 첫째. 그렇게 중2 딸은 밝은 모습을 유지하며 등교하였다. 행복 별거 있나, 매일 지지고 볶고 티격태격해도 아침만큼은 싸우지 않으려 한다. 짜파게티 끓여 주는 거 그게 뭐라고. 본인이 원하니 눈뜨자마자 먹어도 맛있단다. 아침이니 소화도 잘 되겠지? 자주는 아니더라도 가끔 해 줘야겠다. 그게 언제냐면 전날 엄마가 새로운 메뉴를 시도했을 때? 또 양배추 덮밥 해 준다고 하면 기겁하려나. 다음엔 참치 넣는 걸 절대 잊지 말아야겠다.

큰딸이 내일 아침에 뭐 먹느냐는 질문을 다시 한번 생각해 보았다. 특히나 첫째 아이는 먹는 거에 신경 쓴다. 학원 마치고 귀가할 때도 꼭 전화해서 저녁 메뉴를 물어본다. 그만큼 밥에 진심인가? 아침밥 단 10분도 걸리지 않는 시간이지만 그 10분에 작은 정성을 들여 보려 한다. 저녁은 서로 해야 할 과제와 쉼이 필요하니 아침의 짧은 만남(?)이라도 충족시켜 보려 한다. 안 그래도 예민할 시기에 아침부터 기분 상하게 하고 싶진 않다. 아침밥이 뭐길래란 의문은 생각보다 더 큰 의미가 있다. 미라클 모닝보다 아침밥이다. 글쓰기 습관은 작게나마 잡혔으니 사춘기 중요한 시기를 적절한 무관심과 아침밥으로 버텨 나가야겠다.

무엇을 만들어 준다고만 하면 둘째는 제일 만만한 방울토마토를 찾는다. 믿고 보는 음식인가. '내일 아침에 맛있는 거 해 줄게.'라고 하는 순간 기다려지는 마음으로 잠자리에 들게 하고 싶다. 아이가 묻기 전에 이젠 엄마인 내가 먼저 물어봐야겠다. "딸, 아침에 뭐 먹고 싶어?" 대신 10분 이상 걸리지 않는 메뉴로 정해 달라는 말과 함께. 뭐라도 입에 물리려는 노력은 이어질 것이다. 이것이 어미가 해 줄 수 있는 최소한의 배려이자 의무이고 사랑이다.

8.
초6 딸의 심기를 건드렸다

"오늘은 뛰어오지 마!"

하마터면 설렐 뻔했다. 뛰어오다 넘어질까 봐 걱정돼서 하는 말인 줄 알았다. 이내 아닌 걸 알았다. 따라서 오지 말라는 거다. 물어보진 않았지만 혼자 해석해 버렸다.

휴무인 목요일 오전에 공원 한 바퀴 걸을 계획이었다. 8시에 등교하는 둘째랑 같이 나가려다 빨래 돌려놓고 나간다며 먼저 나가라고 했다. 부랴부랴 세탁기를 돌려 놓고 혹시나 멀리 가지는 않았을까 싶어 급하게 뛰어나갔다. 10차선 도롯가에 신호등을 거의 다 건너갈 무렵이었다. 신호등 숫자를 보았다. 뛰면 충분하겠다 싶어 행여나 놓칠세라 부리나케 달렸다. 조심조심 다가가 뒤에서 놀라게 해 주었다. "웍!" 그리 달가운 표정은 아니었다. 이제는 그런가 보다 하고 의연한 척 넘겨 보지만 뭐, 그렇다. 불과 몇 분 전에 헤어졌지만 나만 반갑다.

일주일 뒤 역시나 등교 시간에 맞춰 분주하게 움직이다 딱 걸렸다. 그리곤 단호하고 퉁명스럽게 "오늘은 뛰어오지 마!"라고 통보를 받았다.

괜히 머쓱하여 "지금 나갈 생각 없었거든!" 바쁘게 움직인 보람도 없이 한 방에 퇴짜 맞았다.

아침 일곱 시 잠에서 깬 둘째가 영어 영상을 보기 위해 큰방으로 들어왔다. 내가 누워 있던 이불 위에 안경과 휴대전화를 놓았다. 바닥에 안경을 놔둔 것이 이내 걸렸다. 지나다 밟을 수도 있으니 위에다가 올려놓으라고 했더니 짜증 섞인 말투로 언성을 높인다. "바로 쓰려고 했어. 잘 알지도 못하면서!" 그래놓고 내가 먼저 화를 냈단다. 정녕 나는 화난 뉘앙스가 아니었지만, 세상 예민한 초6 딸이 그렇다면 그랬나 보다. 누가 봐도 못마땅한 표정이 고스란히 드러난다. 출근 전 이 상황을 보고 있던 남편이 딸에게(굳이) 한마디 거들었다. 왜 화를 내냐며 누굴 닮아서 그러느냐고. 사춘기야? (기름 한 사발이요)

누굴 닮았겠나. 나를 닮았겠지. 너는 대수롭지 않게 하는 말이 나에겐 화살이 되어 돌아온다. 나도 그런가. 아직도 우리 집 정리를 하러 오는 팔순 된 나의 엄마. 하루 한 번은 들러야 마음이 편하단다. 나도 엄마한테 전화해서 '세탁기 돌리지 마라, 설거지하지 마라, 우리 집에 오면 아무것도 손대지 말고 그대로 놔둬라, 내가 알아서 한다.' 초반에 그랬다. 나는 정말로 힘들까 봐 생각해서 한 말인데 엄마에게는 우리 집에 오지 말라는 통보로 들릴 수도 있겠구나 싶었다. 내가 무슨 말을 해도 엄마는 속상해할 것 같다. 말하는 처지와 듣는 입장은 일일이 풀어서 얘기하지 않는 이상 다르게 이해할 수도 있다.

뛰지 말란 말도 먼저 화를 냈다는 것도 내가 해석하고 싶은 대로 들었다. 정말 그렇다고 할지라도 혼자 의심하고 파고들지는 말아야겠다(하면서 글을 쓰고 있다).

요즘 큰딸의 웃는 모습을 자주 본다. 벚꽃 아래 활짝 미소 짓는 사진 하나 그것으로 되었다. 마음이 한결 편하다. 한시름 놓나 했더니 새로운 강적이 나타났다. 어젯밤에도 저 앞에서 이미 두 팔을 벌리고 나에게 다가오는 둘째 딸이었다. 그나마 다행이다. 밤이면 사춘기의 호르몬도 누그러드는가 보다. 조심해야 할 시간은 아침이다.

휴무 날 아침 일곱 시 전에 눈이 떠졌다. 피곤한 기색도 없었다. 새벽 두 시 넘어서 누웠는데 일찍 일어나서 기분이 좋았다. 화장실을 다녀오는데 큰방에서 둘째가 TV로 영어 영상을 보고 있었다. 기분이 좋은 엄마는 스스로 일어난 둘째가 기특하고 예뻐 보였다. 그대로 돌진해 와락 안았다. 그러다 리모컨이 내 무릎에 눌려 영상이 꺼졌다. 등골이 서늘하다. 아침부터 초6 딸의 심기를 건드렸다. 아무 말도 하지 않는다. 표정을 살핀다. 다행이다. 인상은 찌푸리지 않는 것 같다. 덤덤히 다시 원래 보던 영상으로 돌린다. TV 채널이 아니라 보던 부분까지 찾아야 하는 번거로움이 있었다. "미안해." 이럴 땐 빠른 사과만이 답이다. 안고 있는 그대로 등을 마구 쓰다듬었다. 그러려니 한다. 나도 모르게 조심스러워진다. 어쩌다 딸의 눈치를 보게 된 건지.

딸 모르게 혼자 바삐 움직인다. 세탁기를 돌린다. 옷을 갈아입고 모자를 찾는다. 그 모습을 본 둘째도 덩달아 분주해지기 시작한다. 엄마가 등교할 때 같이 나가려는 걸 알아챈 거다. 옷을 마구 껴입는다. 아침부터 눈치 게임을 하는 듯하다. 먼저 등교 준비를 마친 딸은 나를 향해 승리의 미소를 날린다. 마지막으로 양말을 신고 있는데 "다녀오겠습니다!" 라며 현관문이 열린다. 한발 늦었다. 지난번에 "오늘은 뛰어오지 마!"라고 들어 놓고 또 한 소리 먹을 뻔했다. 급하게 뛰어갈까 봐 따라가지 않았다. 오늘은 그래도 덜 서운하다. 딸의 장난기 어린 표정을 보았기 때문이다.

나가려고 하는 순간 아, 맞다. 세수도 안 했다. 하마터면 민얼굴로 나갈 뻔했다. 씻어도 별 차이는 없다만 나에 대한 예의를 갖추고 모자를 눌러썼다. 아니나 다를까 공원으로 가는 길 동네 친구를 만나 잠시 이야기를 나누었다. 조금 전 우리 딸이 등교하는 걸 보고 왔단다. 같이 나오는 길이냐며 묻는 말에 따로 나왔다고 하였다. 그 와중에 둘째에게 한 통의 문자가 와 있었다.

24년 4월 11일 목요일

오전 8:06 어머니 삐지지 마! 미안해^^ 사랑해♡♡

오전 8:13 안 빠졌지 우리 지온이 아침에 웃는 모습 봐서 기분 좋다!!^^♡

이 와중에 오타 낸 어미다. 뭣이 중헌데. 딸이랑 같이 못 나가는 거 하나도 중요하지 않다. 문자 하나에 사르르 마음이 녹아내린다.

잔잔한 물결이 언제 파도가 되어 휩쓸릴지 모른다. 사춘기라는 터널을 통과 중이다. 예측이 안 된다. 무뚝뚝한 큰딸보다 둘째는 감정이 섬세하다. 나의 기분을 살핀다. 작은 일에 속상해하고 기뻐한다. 친구를 좋아한다. 나는 둘째의 기분이 언짢아질 부분을 알고 있다. "오늘 수학두 장 풀었어?" 매번 묻는 말에 돌아오는 명쾌한 대답은 몇 번 없다. 오늘같이 사이좋을 때(?) 한번 할 잔소리 두 번 세 번까지는 날려 줄 수 있다. 더는 안 된다. 겨우 쌓은 작은 모래성이 무너지면 답이 없다. 아침에 좋아도 저녁에 등 돌릴 수 있다.

"우리 지온이 요즘 자주 화가 나?"

"응. 언니 때문에 짜증 나 죽겠어."

산책하다가 둘째에게 물었더니 입을 삐죽 내밀면서 대답한다. 수시로 말다툼을 한다. 내가 볼 때는 별거 아닌 일이지만 아이들은 심각하다. 싸우기는 둘이서 싸웠으면서 나에게 잘잘못을 물어볼 때가 제일 난감하다. 각자 따로 대화하면 조금은 말이 통한다.

초등학교 6학년과 중학교 2학년이다. 이제 머리가 좀 커졌는지 내가 하는 말을 무조건 받아들이지 않는다. 엄마의 말이 다 맞지 않는다는 환상이 깨어지는 시기라고 한다. 빈틈이 많은 엄마라는 걸 자주 들킨다. 글을 쓰는 내도록 딸을 생각한다. 하교 시간이 지났다. 계단 오르는 소

리가 들린다. 고요한 시간이 끝나고 이제 나의 심기를 다스려야 할 때가
왔다.

9.
걷고 쓰는 의미 있는 루틴

　일주일 중 가장 기다려지는 날이 목요일이다. 혼자만의 시간을 보낼 수 있는 유일한 휴무 날이다. 이날만큼은 하고 싶은 일. 나를 위해 해야 하는 일을 한다. 직장에 나가고 초반 휴무일은 진짜 쉬었다. 자기계발이라고는 남 일이었다. 오로지 먹고 자고 싸는 게 루틴이라고 할 만큼 허송세월로 보낸 날이 많았다. 오전엔 해가 중천에 뜰 때까지 잤다. 눈을 뜨면 아침 겸 점심을 먹고 TV 채널 돌리기 바빴다. 해야 할 일도 없었고 하고 싶은 일도 찾지 못했다. 늦은 기상부터가 이미 나에게 진 기분이었다. 알람은 분명 새벽 6시에 울린 걸 봤지만 본 것에서 끝날 뿐이다. 이래 놓고 매일 미라클 모닝을 꿈꾸며 관련된 책을 읽는다는 게 문제다. 그만 벌떡 일어나고 싶지만, 말처럼 행동은 옮겨지지 않았다. 이런 날들이 연이어지자 공허함이 찾아왔다.

　한의원에 다니면서 늘 반복되는 일상이 지겨웠다. 퇴근 후 저녁을 먹으면 할 일이 없었다. 술이라도 한잔하는 날이면 시간은 순식간에 지나갔다. 집 근처 공원이 가까워서 가족들과 산책을 즐겼다. 아이들이 어릴 때는 나와 분신같이 한 몸이 되어 어디든지 함께했다. 그랬던 아이들도 초등 고학년이 되더니 이제는 따라 나오지 않는다. 나가자고 해도 귓등으로 듣지도 않는다. 좋으면서 서운하다. 질척거려 봤자 나만 상처다. 이제는 나를 위해 걷기로 한다.

어느 순간 만 보 걷기는 나의 루틴이 되었다. 그렇게 걸어 댔다. 천천히도 빨리도 걷는다. 자유자재로 속도를 조절한다. 걸으면서 유튜브도 듣고 나무와 꽃들 보며 생각하는 시간이 늘어났다. 하나씩 하고 싶은 일들이 생기기 시작했다. 22년도는 나에게 기적이다 싶을 만큼 변화가 많은 해였다. 새벽에 운동하는 진귀한 경험을 했고 작가라는 부캐도 만든 해이다. 그런 열정을 쏟아부은 후 다시 새벽에 걷는 일은 호랑이 담배 피우던 시절이 되어 버렸다. 이른 시간에는 못 걸어도 점심을 먹으면 산책을 하고 저녁에도 걸었다. 안 걸으면 허전할 정도였다. 배가 부르면 저절로 남편이랑 눈이 마주친다. 연애 때부터 함께 걸었던 동지는 현재 평생을 같이하자고 약속한 사이가 되었다. 연애 때야 차비도 아끼고 헤어지기 싫어서 오래 있고 싶은 마음이라지만 이제는 다른 의미로 걷기를 유지하고 있다. 몸 건강은 물론이고 정신건강을 위해서도 걷고 있다. 몸을 움직이면 기분이 지하 바닥으로 가라앉는 일은 막을 수 있다. 지금까지 기분이 안 좋을 때는 있어도 우울하다고 주저앉은 적은 없었다.

우리 동네에는 도심 속에 자리 잡은 아주 큰 공원이 있다. 금봉산을 끼고 있는 두류공원이다. 사계절마다 달라지는 자연경관은 그야말로 공짜로 누리는 미술관이다. 매번 봐도 질리지 않는다. 초등학교 때부터 두 아이의 엄마가 될 때까지 늘 그 자리를 지키던 공원이다. 이곳이 지금 나에겐 큰 버팀목이 되어 주고 있다 해도 과언이 아니다. 이곳 때문에 멀리 이사도 못 갈 정도로 애증의 장소다.

걷기의 최고 장점은 비용이 들지 않는 것이다. 편한 복장을 하고 운동화만 신으면 나갔다. 혼자 걸으면 심심하다고 하는 사람이 있다. 심심할 겨를이 없다. 오히려 혼자 걸을수록 내가 무얼 좋아하는지 조용히 생각하는 시간을 가질 수 있다. 아무 생각 없이 꽃과 푸른 나무를 보며 걷는 자체도 힐링이 된다. 글을 쓰기 전에는 매일 만 보 인증만으로도 성취감을 느꼈다. 걸으면서 자연스럽게 뛰게 되었고 달리기의 매력까지 알게 되었다. 글쓰기를 한 뒤로 걷기는 떼려야 뗄 수 없는 그 무엇보다 더 값진 운동으로 자리 잡게 되었다. 자연스레 글감으로도 연결되니 더 걷지 않아야 할 이유가 없었다.

요 며칠 스치기만 해도 아린 칼바람 덕에 밤에는 더 걸을 엄두가 나지 않았다. 평일 이틀은 줌으로 글쓰기 수업도 있고, 퇴근해서 걸으려고 하니 이런저런 이유로 6일 동안 걷지 못했다. 다가올 휴일만큼은 걷지 못할 핑계를 댈 수 없었다. 시간 없다는 말은 더욱이나 꺼내지 못한다. 지금 걸을 수 있음에 감사하다. 그렇게 생각을 하면서도 매일 걷는 루틴이 당연하게 되면 가끔 만태기(만 보 권태기)가 올 때도 있다. 매일 걷다시피 하다 6일 만에 만 보를 걸으니 그렇게 후련할 수가 없다. 숨 쉬듯 걷는 일상이었는데 안 걸으니 방학 숙제 밀린 듯 계속 찜찜했다.

　화장실 청소를 했다. 청소는 나의 루틴까지는 아니다. 매일도 일주일에 한 번도 아닌 생각나면 하고 더러워지면 하는 정도다. 변기 옆과 세면대 사이 고개를 숙이니 잘 보이지 않는 구석에 곰팡이가 있었다. 락스를 뿌리고 잠시 뒤 수세미로 빡빡 문질렀다. 아차 싶었다. 매일 눈에 보이는 일만 신경 쓰다 보니 보이지 않는 곳을 놓치며 살고 있었다. 하고 싶은 일이 생기더라도 자세히 들여다보지 않고 관심을 두지 않으면 이내 느슨해진다. 화장실은 그 어느 장소보다 청결해야 할 곳이다. 매일 쓰지만, 자세히 들여다보지 않아 중요한 일을 놓치고 있었다. 화장실만큼 잘 들여다봐야 할 곳이 내 마음이다. 평소 묵은 감정이나 때가 끼어 있지는 않은지 들여다볼 필요가 있다. 화장실은 락스를 뿌리고 청소를 하면 되지만 내 마음에 독한 락스를 뿌릴 수는 없다. 환기가 중요하다. 내 마음도 순환이 필요하다. 화가 쌓이면 담아 두지 않고 일단 걸으러 나간다. 몸을 움직이다 보면 쌓여 있는 찌꺼기가 빠져나가는 기분이다.

　만 보 걷기는 이미 머릿속에 각인되어 있다. 잊을 수 없는 강력한 이유가 있으니 바로 SNS 인증을 한다. 나를 움직이게 하는 장치를 만들어 두었다. 며칠 걷지 않더라도 아예 손을 놓지는 않는다. 습관이 무섭다고 일주일을 넘기는 일은 없다. 굳이 달력에 표시하지 않아도 걸어야 함을 안다.

하던 일은 해야 마음이 편하다. 힘들지만 안정감을 준다. 걷기도 쓰기도 각각의 루틴이 있다. 걷는 습관과 글을 쓰는 일만큼은 평생 루틴으로 삼고 싶다. 마음먹어서 하는 것이 아닌 자연스럽게 하기까지는 시간이 걸린다. 걷기에 관련된 책을 보며 걷기의 중요성을 다시 한번 각인시킨다. 글쓰기에 관한 책을 읽으면 꾸준히 써야 할 것 같다. 남들이 정한 것이 아닌 내가 정한 루틴은 나를 지켜 주는 힘이 있다.

하나를 하더라도 내 마음이 움직이는 일을 한다. 다른 매력적인 운동이 생기기 전까지 걷기는 생활의 동반자로 이어 간다. 글쓰기는 평생 정신적 친구로 남기고 싶다. 먹고 자고 싸는 일만큼 중요한 건 없다. 사람이 살아가면서 가장 기본적인 욕구다. 이제는 먹고 자고 싸고 걷고 쓴다. 일부러 생각하지 않아도 자연스럽게 스며드는 루틴이 있어 든든하다. 내 일상을 잡아 주는 매력적인 루틴 하나 만들어야 할 이유다. 걷고 쓰는 의미 있는 루틴 하나씩 인생에서 만들어 간다.

<제3장>

현실 엄마,
브런치 작가 도전기

1.
엄마 뭐 해? 브런치 해!

실실 웃음이 난다. 생각만 해도 설레는 그 이름 '작가'.

브런치 합격 발표도 나기 전부터 이 글을 적고 있다. 된 것도 아니면서 이미 된 것처럼 느낌이 온다. 오늘 내로 글을 곧 발행할 예정이다. 꼭 될 것처럼.

이미 3일 전 두 번의 모시지 못하겠다는 불합격 통보를 받은 상태다. 그런데 갑자기 합격 소식 받기도 전에 이 글을 쓰고 있다. 마음만은 이미 합격이다. 무슨 똥배짱이고 어디서 나오는 근거 없는 자신감인지.

결과는 시원하게 퇴짜를 맞았다(현 5수째). 안타깝게 못 모신다는데 전혀 안타까워 보이지 않는다. '이번에는'이 아니라 '이번에도'라고 보인다. 자책 시나리오 쓰기 바쁘다. 이미 충분히 받을 만큼 받은 상처다. 무슨 믿는 구석이 있었던 건지. 어느 작가에게 따뜻한 조언을 받았다.

〈슬기로운 초등생활〉을 운영하는 유튜버이자 『나는 다정한 관찰자가 되기로 했다』 외 다작을 낸 이은경 작가이다. 어느 날 SNS를 통해 [엄마 뭐 해? 브런치 해!]라는 브런치 프로젝트 공지를 띄웠다. 이렇게 1년 넘게 글을 쓰게 될지도 모른 체 오로지 팬심으로 신청했다.

　이은경 선생님을 처음 알게 된 건 아이들이 저학년 때다. 운동하셨어요? 네! 독서하셨나요? 네! 혼자 대답하는 날이 늘어나기 시작했다. 사교육에 의존하긴 싫고 공부는 시키고 싶었다. 독서뿐 아니라 인성과 어떻게 키워 나가야 하는지에 대한 방향까지 알려 주었다. 엄마의 의욕은 길지 않았다. 퇴근 후 아이들의 공부까지 봐줄 힘이 없었다. 독서는 강조했지만 공부는 알아서 해 주길 바랐다. 아이들도 커 갈수록 내 뜻대로 되지 않는다는 걸 알게 되었다. 너는 너, 나는 나의 생각으로 점점 바뀌게 되었다. 엄마의 집착으로 아이를 키워 낼 순 없었다. 자식 교육시키려다 나를 돌보기로 방향을 돌렸다. 그 덕에 아이들은 자유롭게(?) 의도치 않은 자기 주도 학습을 하게 되었다. 자(기) 주(도) 놀고 있다. 너무 이른가. 자기 인생은 스스로 책임져야 하며 본인이 하지 않은 공부로 나중에 누구를 원망하지 말라는 무언의 압박을 전한다. 그래도 아예 손 놓을 순 없어 독서는 같이하자며 거실로 유인한다. 과자와 함께. 기가 막히게 과자를 다 먹으면 하품을 한다.

　머리를 질끈 묶고 한 명이라도 더 브런치 작가로 만들기 위한 선생님의 열정은 줌 화면을 뚫을 기세였다. 강의를 들으면 들을수록 글로 팔자 한번 고쳐 보려는 다짐도 하곤 했다. 팔자를 고치기엔 한없이 모자란 필력에 정신이 흔들렸다. 책 한 권 내고 팔자 고치는 일은 없다며 단호하게 말해 주었다. 쓰고 있었기에 여기까지 왔다. 3년만 꾸준히 써 보자고 하였다. 일단 쓰고 있다는 것만으로 잘하고 있다며 스스로를 다독였다.

처음으로 내가 쓴 글에 칭찬을 해 주었다. 글이라고는 블로그에 오늘 먹은 것과 걸었던 하루를 일기로 쓴 게 다였다. 단지 몇 마디 조언을 받았을 뿐인데 합격 가능성이 커질 것 같다는 말에 감격스러웠다. 목차를 조금 더 풍성하게 쓰라는 조언은 충족시키지 못한 채 작가 신청을 해 버린 거다. 생전 처음 받는 글 칭찬에 이미 합격을 장담 받은 것처럼 눈치 없는 입꼬리만 나대기 바빴다.

내가 쓰려던 주제도 벗어난 채 엉뚱한 글을 쓰고 내용에 대한 확신도 없었다. 그 와중에 브런치 프로젝트 1기에 함께한 동기들은 기다렸다는 듯 합격 소식이 봇물 터지듯 쏟아졌다. 부럽고 질투가 났다. 나만 뒤처지는 것 같았다. 내가 할 수 있는 건 축하합니다라는 말 뿐이었다. 역시 내 길이 아닌가 보다. 안 되는 부분만 집어내고 있었다. 더는 진심으로 축하한다는 말조차 하지 못했다. 급했다. 뭐라도 빨리 적어야 했다. 급할수록 써야 할 글은 더 생각나지 않았다. 이미 합격한 동료들의 글에 답이 있을 거라고 확신했다. 축하한다는 말 대신 글이 올라올 때마다 라이킷과 구독을 누르며 조용하고 신속하게 읽어 나갔다. 술술술 읽힌다. 재밌다. 다음 글이 궁금해졌다. 거짓말 같았다. 이제야 신임 작가가 되었다는 것이. 합격한 동료 작가들은 고공 행진하듯 연이은 글 발행으로 점점 더 높은 곳을 향해 날갯짓을 하고 있었다. 감탄만 하고 있기에는 시간이 기다려 주지 않는다. 과제와 환급 조건. 그 두 가지를 기간 내에 충족시켜야 한다. 금요일 자정까지 과제를 내야만 조언을 받을 수 있다. 브런치 작가신청에 제출했다가 불합격한 쓰레기 같은 글을 제출했다. 내지 않으면 똥인지 된장인지 구분도 하지 못한 채 진짜 쓰레기가 된다. 그전에 분리수거를 하여 어디에 조금이라도 보탬이 되는 재활용을 만들고 싶었다. 글 내용보다는 목차 구성과 소개 글을 더 풍성하게 적어 내어 결국 작가의 길로 들어설 수 있었다.

포기하지 않는다. 버스에만 내리지 말라고 하였다. 이 마음 하나면 될 것 같다. 끝까지 함께한다. 이미 먼저 문을 열어 준 동료들과 뜨거운 합격 방(예비 작가 방)이 있다.

'얘들아, 같이 가자.'

합격으로 보답할 수 있어 기뻤다. 감사의 인사를 출간의 기회가 생긴다면 꼭 전하고 싶다.

운동, 미라클 모닝, 독서, 글쓰기, 청소, 식단, 미니멀, 경제적 자유까지 모든 게 어제보다 더 나은 내일을 위한 일이다. 모든 걸 다하면 좋겠지만, 그중 나에게 맞는 걸 찾아 나간다. 결국엔 돌고 돌아 나의 행복을 위해서다. 한 번 더 미소 지을 수 있는 오늘을 만들기 위해 용도 써 보고 안 되는 건 미뤄 두기도 한다. 그중에서 내가 선택한 건 걷기와 독서, 글쓰기다.

1년 동안 어떻게 글쓰기를 이어 올 수 있었는지 나조차도 의아하고 신기하다. 나만 보는 일기장에 쓰려니 늘 그 말이 그 말 같아 이어지지 않았다. 쓰다 말다를 반복했다. 일기장에 쓸 내용을 공개적인 브런치로 바꾸고 나서는 뭐라도 적으려고 노력했다. 부끄러워도 발행, 뻔뻔하게도 발행을 이어 가다 보니 어느새 1년이 지나 버렸다. 글은 써도 안 써도 시간은 잘만 흘러간다. 매일 술 마시는 일상을 글로 올리려니 스스로가 용납이 안 되어 금주를 강행했다. 초반엔 금단현상으로 낙이 없다는 말을 입에 달고 살았다. 그나마 글이라도 붙잡고 있어 다행이다. 쓰지 않았다면 글이 아닌 술병만 늘어났을지도 모른다. 쓰다 보니 잘 살고 싶고 잘 살고 있는 모습을 기록으로 남기고 싶었다. 보람찬 하루도 후회스러운 하루도 모두 다 나의 일상이다. 기록으로 남기지 않으면 잘 산 하루도 못난 하루도 없다. 기억도 나지 않는 그저 그런 일상이 되어 버린다. 사십 년 넘게 살면서 특별히 기억되는 날도 있지만 잔잔한 일상이 더 소중하다는 것을 알아 간다.

1년 넘도록 쓰는 행위를 멈추지 않았다는 건 분명 큰 의미가 있다. 쓸 수 있어 지금까지 버텼고 버텼기에 쓸 수 있었다. 이 글까지 167개라는 숫자를 찍으면서 작다면 작고 크다면 큰 숫자다. 지금은 단순히 숫자 늘리기 놀이라 해도 좋다. 철없이 쓰는 글도 나니까. 쓰기로 마음먹었으니 그냥 쓴다. 매일 걷고 뭐라도 끄적이는 내 모습이 흡족하다. 걷고 읽고 쓰기를 반복한다. 반복만이 살길이다. 지금 하지 않는 일을 내년에 한다는 보장은 없다. 귀에 딱지가 앉도록 들은 말, 지금 써 내야 한다. 1년 뒤에도 십 년 뒤에도 "엄마 뭐 해?" 묻는 말에 "브런치 해!"라고 당당히 말할 수 있길 바란다.

2.
백 일 동안 금주를 했다

 이런 날이 오는구나. 금주 이야기로 글을 쓸 줄이야. 그것도 백일동안 금주했다. 금주란 자고로 최소 1~2년은 지나야 말 좀 붙이겠습니다만 현재 이 기간만으로도 충분히 뿌듯함이 차고 넘친다. 지금 이 순간을 적지 않으면 알 수 없다. 임신 기간을 빼고 나머지 성인이 된 후 내 의지로 술을 백 일 동안 먹지 않은 건 이번이 처음이다. 아이들을 재우고 혼자서 한두 캔씩 마시던 게 습관이 되었다. 음주 전성기 때가 있었다. 아이를 어린이집에 보내고 난 후부터였다. 술친구를 놀이터에서 만나게 될 줄은 몰랐다. 즐거웠다. 영혼의 동반자를 만난 기분이었다. 시간 가는 줄 몰랐다. 어린이집 모임은 첫째가 중2가 된 현재까지도 가장 활발한 단톡방이다. 바뀐 점이 있다면 내가 글을 쓰기 시작한 후로 밤 모임은 현저히 줄었다. 밤 모임이 다가 아니었다. 매번 나갈 수는 없으니 남편과도 마셨지만, 다행히도 남편은 술을 좋아하지 않는다. 회식이나 모임 있을 때만 마셨다. 그에 비해 나는 집에서 혼자 마시는 날이 늘어났다. 혼술을 막을 수는 없었다. 수시로 금주 선언을 했지만 지켜지지 않았다.

그전에도 마음을 먹고 며칠씩 안 마셔 보기도 했지만 결국 툭 건들면 와르르 무너지는 모래성 같은 결심이 반복되었다. 마음이 통하는 술자리가 좋아서 없던 약속이 불시에 생기면 냉큼 달려 나갔다. 기분이 좋아도 슬퍼도 마셔야 할 이유는 늘 있었다. 그냥 그 자체로 좋았다. 그 시간이 쌓이면서 술이 나를 부르고 내가 술을 부르는 상황인지조차 헷갈릴 정도로 스며들었다. 혼술의 유혹에 한 번 빠지게 되면 굳이 같이 마실 상대가 없어도 상관없다. 어느 날부터 술 마시는 시간보다 다음 날 후회하는 마음이 더 크게 남았다. 후회만 하기는 싫었다. 기나긴 음주 여정은 쉼표를 찍는 중이다. 잠시가 될지 이대로 영원이가 될지는 장담할 수 없지만, 현재의 마음이 중요하다. 지금은 아니다.

23년 10월 13일 금요일부터 금주는 시작되었다. 어중간하게 불타는 금요일부터였다. 이날 남편이 치킨을 시켰다. 1일도 월요일도 아무것도 아닌 날이다. 전날 굳게 마음을 먹게 된 사건이 하나 있었다.

브런치 작가가 되기 위해 글을 쓰고자 한마음 한뜻으로 모인 [슬초 브런치프로젝트2022] 단톡방이 있다. 작가가 되기 전부터 합격하는 그 순간까지 그리고 작가가 되어서도 글로 마음을 나눈 지 1년이 되었다. 오늘따라 유독 파이팅이 넘친다. 브런치스토리에 글을 올리면 간혹 인기글이나 다음 메인 화면에 글이 선정되는 날이 있다. 이날은 작가들의 글이 대거 쏟아졌다. 오늘은 축제 날이다. 서로가 서로에게 축하를 건네주기 바빴다. 마침 나도 휴무일이라 오전부터 단체톡에 눈을 뗄 수 없었다. 글을 쓰자마자 메인에 등극한 작가들의 축하는 저녁까지 이어졌다. 축제 날에 고기가 빠질 수 없다. 삼겹살을 구워야겠다는 말을 이은 뒤로 맥주 파티가 시작되었다. 캔맥주 사진이 하나둘씩 올라오고 있었다. 마침 나도 오늘이 마지막 만찬(?)이라는 이유로 한잔하고 있었다. 고민했다. 올려, 말아? 아, 손이 근질근질하다. 이 분위기에 적극적으로 동참하고 싶었다. 에라, 모르겠다. 그냥 올려 버렸다. 단독이다. 소주병은 처음이었다. 하트와 엄지 척 활짝 웃는 공감을 눌러 주었다. 부끄러움은 한순간이었지만 머 축제 날이니. 만인들이 즐거워했으면 되었다. 술 한 잔 아니, 한 병이었다. 그 뒤로도 술 파티는 이어졌다. 모두가 웃음꽃이 피니 함께 말문이 트여 오늘 말을 제일 많이 한 날이 되었다. 서로가 나눈 대화 속에서도 글감을 득템 하여 순식간에 글로 발행하는 작가도 있었다. 누가 글 쓰는 방 아니랄까 봐 글감 사냥이 빠르다. 그 와중에 다음 날인 오늘 또다시 메인에 두둥! 속전속결에 내용까지 알차다.

'알쓰'는 '알코올 쓰레기'의 줄임말로 술을 잘 마시지 못하는 사람을 뜻하는 신조어라고 한다. 알쓰라는 단어도 사실 이날 처음 알았다. 어제 빛과 같은 속도로 글 발행한 작가의 알쓰라는 선언에 "저도 내일부터 알쓰가 목표예요."라고 말해 버렸다. 그냥 못 먹고 싶은 마음에 불쑥 튀어나온 말이었다. 딴에는 폭탄 발언이지만 아무도 모르겠지. 알코올 쓰레기와 글 쓰는 추진력까지 본받고 싶었다. 차라리 몸에서 안 받았으면 좋겠다. 그럼 마실 생각조차 하지 않을 테니까. 훨씬 낫지 않은가. 가끔 마시고 적당히 즐기면 누가 뭐라 하나. 10월로 접어들며 알코올의 피가 흐를 만큼 퇴근 후 소주병을 달고 살았다. 이달만 그랬다면 이런 고민도 하지 않는다. 이러면 안 되는데 하면서도 이미 몸은 마트를 향하고 있는 날이 허다했다.

고민했다. 이참에 금주해? 말아? 누구도 궁금해하지 않고 하라고 떠미는 이 하나 없다. 내일부터 다이어트라고 선언하는 것만큼 의미 없다. 백 번 생각보다 오늘 당장 저녁부터 맨정신(?)으로 맞이해야 한다. 그러려고 출근 전에 지갑에 있는 카드도 두고 나왔다.

단톡방의 소주 사진을 마지막으로 금주는 시작되었다. 남편은 나에게 알코올중독이라 했다. 부정할 수 없었다. 그날의 저녁 메뉴에 따라 허구한 날 마트로 달려갔으니까. 그런 모습을 아이들에게 매일 보일 수밖에 없어 미안했지만, 그때는 당장 쾌락이 우선이었다.

금주 선언을 SNS에 공개했다. 1일부터 오늘까지 차곡차곡 쌓였다. 숫자가 눈으로 보이니 점점 확고해졌다. 나보다 더 백 일을 기다리며 응원을 받기도 했다. 절대로라는 말을 쓰기가 조심스럽다. 앞으로 절대 마시지 않겠다고는 남발하지 못한다. 내일 당장 마음이 바뀔 수도 있지만 그런 일은 없기를 바랄 뿐이다.

곰도 사람이 되겠다고 백 일 동안 쑥과 마늘만 먹고 견뎠다. 그렇다면 원래 사람인 나는 백 일 간 금주를 하며 깨달은 것이 있지 않을까. 목표, 하고 싶은 것이 있어야 했다. 공허한 시간이 생기면 술 생각이 절로 났다. 술을 마시지 않는 시간 동안 매진할 수 있는 그 무엇이 있어야 했다. 퇴근 후가 가장 큰 고비였다. 사실 퇴근 전부터 시동이 걸려 온다. 허기가 지면 자연스레 저녁 메뉴와 주종을 연결했다. 그렇다고 저녁을 안 먹을 순 없다. 간혹 퇴근하자마자 바로 걷기를 하러 공원에 간 적이 있다. 그럴 땐 배고픔을 참지 못해 무엇이든 먹고 싶었다. 술이 더 당겼다. 온종일 일하고 걷기 인증까지 마치면 뿌듯해서 술을 마실 이유도 충분했다. 결국은 의지다. 다행인 건 배가 부르면 술 생각은 사라졌다. 저녁 먹기까지만 잘 견디면 되었다.

이제 버티는 단계는 지났다. 자기 전까지 해야 할 일이 있기 때문이다. 오늘 쓸 글을 생각한다. 글쓰기와 문장 수업이 있는 날은 시간이 더욱 촉박하다. 걷기도 해야겠고 글도 써야겠고 마음이 급하다. 이제는 왜 써야 하는지 의문이 드는 시간조차 아까워지려 한다. 어차피 계속 쓸 테니까. 무엇을 어떻게 쓸 건지에 대한 생각만 하기로 한다.

금주하는 동안 순탄하지만은 않았다. 적은 내부에 있다고 가족 모임에서 큰언니가 위스키를 가지고 왔다. 맛만 보라며 권유했지만 단호히 거절했다. 내가 나를 잘 안다. 한 번의 맛으로 술술 넘어가기 일쑤니까. 앞으로도 몇 번의 고비가 오겠지만 잘 넘겨 보겠다.

오늘로써 금주인증 백 일째다. 계속 인증을 할지 말지 고민 중이다. 혼자 심각하다. 아직은 안심할 수 없다. 인증이라는 방패막이를 잘 이용하여 목표에 도달한다. 금주가 목표는 아니었다. 금주는 단지 쓰는 일상을 이어 가기 위한 수단일 뿐이다. 만약 시작부터 앞으로 절대 먹지 않겠어라고 다짐했다면 며칠 못 갔을 것이다. 조금씩 날짜를 늘려 갔다.

글쓰기, 금주, 다이어트까지 처음이 가장 힘들다. 일주일만 잘 버텨 보자 했다. 나에겐 술을 끊는 게 가장 어려웠다. 이젠 감히(?) 금주 따위라고 쓰고 다음 대상은 글쓰기다. 글을 쓰기 위해 술 마시는 시간조차 아까웠으니까. 지금껏 술을 통해 나와 친해졌다면 이제는 글쓰기로 나를 알아 가려 한다. 술보다 글에 취하는 시간을 늘려 보려 한다. 술은 순간의 나로 남지만 글은 미래의 나에게 전하는 메시지다. 백 일 동안 금주한 보람이 헛되지 않았으면 한다.

3.
일단 해 보고 아니면 그만이죠

유튜브는 언제든지 볼 수 있다. 손가락 하나만 움직이면 내가 보고 싶은 영상을 마음껏 볼 수 있다. 언제부턴가 나도 한번 만들어 보고 싶었다. 자기만의 콘텐츠가 중요하다. 내가 자주 하고 관심 있는 게 무엇인지 생각했다. 매일 만 보 인증과 퇴근하고 아파트 계단 오르기를 하고 있을 때였다. 힘들지만 하고 나면 개운한 것, 공원을 걸으면 좋은 점을 공유하고 싶었다. 유튜브 영상 만들기 강좌도 결제했다. 의욕이 넘쳤다. 평생 쓸 수 있는 편집 앱도 깔았다. 시작이 반이라고 했다. 걸으면서 찍은 사진과 동영상을 연결했다. 몇 번이고 수정하고 거의 다 완성했는데 삭제되어 머리가 하얗게 되기도 일쑤였다. 자막이 올라가야 할 타이밍과 음악이 맞지 않았다. 자연스럽게 사진이 연결되어야 하는데 끊기기도 하였다. 온종일 영상 하나 가지고 끙끙거렸다. 우여곡절 끝에 올릴 영상 하나를 완성했다. 보는 건 쉬워도 내 영상 하나 만드는 건 힘들었다. 직접 해 보니 그냥 만들어지는 게 아니었다. 겨우 두 개 만들었다. 신기하기도 재밌기도 했지만 이어 가지는 못했다. 혼자 걷는 건 할 수 있어도 구독자와 함께 걷는 건 버거웠다. 그렇게 영상 두 개로 유튜브 찍는 건 그만두었다. 미련 두지 않기로 했다. 어쩌다 짧은 릴스를 만들었는데 고작 음악만 넣었을 뿐인데 뿌듯하였다. 잊을 만하면 써먹는 영상으로 만족하고 있다. 글을 쓰면서도 전달하지 못하는 부분은 생생한 영상을 만들고 싶다는 생각을 한다. 하지만 두 가지를 병행하기엔 무리다. 아직 초보 작가는 하나에 몰두하기도 벅차다.

한때 영어 공부도 하려고 사 두었던 책이 있다. 앞 장만 끄적였다. 책은 두껍고 속지는 깨끗하다. 언제든 마음만 먹으면 새롭게 시작할 수 있다. 마음을 먹지 않을 뿐이다. 돈에 관한 공부도 빼놓을 수 없다. 남편이 사다 놓은 주식 책도 있고 월급 재테크, 짠테크, 부와 관련된 도서도 책장에 고이 모셔 두었다. 한 번은 훑었다. 두 번 손이 가지 않았다. 언젠가 다시 볼까 싶어 선 듯 정리도 못 하고 있다. 책장에 꽂힌 제목만 보아도 신경이 쓰이지만 거기까지다. 미니멀 라이프도 포기할 수 없었다. 도서관에 가면 한 권씩은 꼭 빌려 왔다. 1년 동안 사용하지 않는 물건은 버려야 한다는 걸 안다. 다 지켜지진 않았지만 덕분에 이사하면서 신혼 때 가전을 사고 사은품으로 받은 그릇들을 정리할 수 있었다. 이것만 해도 속이 시원했다. 미니멀 라이프는 늘 마음속으로 진행 중이다. 아직 갈 길이 멀다.

시작하고 그만두기가 취미였다. 관심을 가지고 염탐한다. 유튜브도 보고 책도 읽는다. 일단 해 보고 적성에 맞으면 하고 아니면 그만두기 일쑤다. 취미는 그래도 된다. 그래야 내가 무얼 좋아하고 관심 있는지 알 수 있다.

직장은 다녀야 한다. 생계와 연결되어 있으니. 나만의 가치를 알리기 위해 인스타, 블로그, 유튜브를 해야 한다고 한다. 유튜브는 배워 보고 빠르게 손절하였다. 블로그를 먼저 했기에 인스타는 비교적 수월했다. 블로그도 인스타도 운동 인증을 하기 위해서였다. 책을 읽고 다시 보고 싶은 문구를 블로그에 기록했다. 차곡차곡 쌓인 글들을 보니 그때도 열심히 움직였구나 싶었다. 미래의 내가 지금의 나를 본다고 생각하면 시간을 허투루 보내선 안 될 것 같았다.

매주 목요일 새마을 금고에서 시작한 꽃 그림 그리기와 기타 배우기도 일단 할 수 있을 때 해 보자 싶었다. 적금 가입 권유가 없어 부담 없이 시작했다. 두 가지 수업을 다 들어도 3개월에 15,000원이었다. 안 들을 이유가 없었다. 도보로 40분 거리였다. 비가 오거나 날씨가 궂을 땐 버스를 타고 화창한 날엔 걸어 다녔다. 만 보는 기본이며 가끔 이만 보도 걸었다. 이만 보 인증을 한 날은 누가 상을 주는 것도 아닌데 성취감이 배가 되었다. 두 가지 수업을 배우면 하루는 금방 지나갔다. 색칠하며 몰입하는 시간이 좋았다. 내 손을 닿기만 하면 다양한 종류의 꽃들이 피어났다. 기타도 지금 아니면 배울 기회가 없을 것 같았다. 생소한 도전이었다. 친언니에게 기타를 빌렸다. 갈 길 잃은 손가락은 겨우 코드를 잡아 가며 소리를 냈다. 원래 이런 소리가 아니라고 했다. 정교하진 않지만 외운 대로 손가락이 움직여지는 것도 신기했다. 1년 뒤 금고에서는 적금을 만들어야 했고 얼마 이상의 사용 한도를 조건으로 내세웠다. 꽃 그림은 아쉬웠고 기타는 조금씩 시들해질 때쯤이었다. 더는 수업을 연장하지 않았다. 새로운 취미는 다시 찾으면 되니까. 이때 그만두지 않았다면 글쓰기로 넘어올 수 있었을까 싶다.

깜박이는 커서를 보고 있으니 뭐부터 써야 할지를 몰랐다. 초고를 쓰는 지금은 나만의 콘텐츠를 확고하기 위해서다. 이게 맞는지 저게 맞는지도 모른 채 두루뭉술 살아온 것 같지만 무엇이든 작게라도 시작하는 내가 있었다.

8년째 한 직장에 다니고 있다. 단조로운 일상의 연속이었다. 쉬는 날은 정해져 있다. 수동적인 삶이다. 모두 내가 선택한 일이다. 원하지 않으면 그만두면 된다. 시간적 자유는 얻겠지만 또 다른 경제적인 어려움이 일어난다. 섣불리 결정할 수는 없다. 그동안 일만 다니고 그 무엇도 시작하지 않았다면 지금도 아무것도 아닌 오늘이 되었을지도 모른다. 8년 동안 가만히 시간만 가도록 내버려 두진 않았다. 틈틈이 걷고 읽고 기록했다. 오늘 할 수 있는 일을 하였다. 부단히 해야 할 일과 하고 싶은 일을 끼워 넣고 살았다. 수동적인 일 뒤에는 늘 능동적으로 움직이고 있었다.

일단 시작하고 나중에 고민해도 될 문제다. 한때 블로그에 운동 인증을 남기다가 글쓰기가 부담스러워 멈추었다. 사진 몇 장과 간단한 글만 남길 수 있는 인스타로 넘어갔다. 그러다 브런치라는 플랫폼에 다시 글을 쓰기 시작했다. 글쓰기가 어려워 피하다가 더 긴 글을 쓰게 되었다. 그리고 출간을 위해 초고를 쓰게 되는 경험까지 하게 된다. 하다 말기를 되풀이하였지만 결국은 쓰고 있다.

뭐든 깊게 파고들지 못했다. 마음은 급한데 이것저것 하고 싶은 게 계속 이어져 오고 있다. 그중 새벽 기상은 평생 풀리지 않는 숙제처럼 따라다니고 있다. 내일도 알람은 여섯 시에 울리겠지만 현재 자정 넘게 쓰고 있는 걸 보니 가망이 없다. 주어진 시간은 같다. 제한적이다. 시간 안에 선택해야 한다면 당장 할 수 있는 것부터 하였다. 일단 해 보고 아니면 그만두었다. 해 보기 전까지 계속할까 말까 망설여지는 시간이 아깝기만 하다. 초고를 써야 퇴고를 할 수 있듯이 시작을 해야 내 것인지 아닌지 알 수 있다. 하면 기분 좋아지고 안 하면 찝찝하게 남는 일이 있다. 마음에 응어리처럼 남겨진 그 일을 해야 한다. 브런치 작가가 되고 글을 발행하다 보니 계속 쓰고 싶어졌다. 쓰다 보니 잘 쓰고 싶은 욕심도 생겼다. 설거지를 미루더라도 하고 싶은 일을 먼저 하였다. 걸어야 했고 써야만 했다. 글쓰기도 얼어걸린 게 아닌가 싶을 만큼 가장 애착 있는 활동이 되었다. 시작하는 기쁨과 두려움이 반복되지만 해야만 하는 이유가 있다. 무엇이든 일단 해 보고 아니면 그만두면 된다. 시작이 반이라고 했다. 경험은 남는다. 하지 않으면 평생 모를 일들이 무수히 많다. 일단 맛을 보는 게 중요하다.

4.
책 쓰기를 포기했다

　단기간에 책을 출간하는 비법을 알려 준다고 하였다. 지난 열흘간 부푼 꿈을 안고 몰두해 있었다.

　욕심이 끝이 없다. 22년 12월 브런치 작가에 합격했을 때만 해도 여태 있을 수 없는 일이 일어난 것처럼 뛸 듯이 기뻤다. 쓰면 쓸수록 더 잘 쓰고자 하는 마음이 풍선처럼 부풀었다. 도서관에서 글쓰기에 관련된 책을 찾아보고 유튜브도 보았다. 어느 날 한 카페를 알게 되었다. 누구나 단기간에 책 출간을 할 수 있다는 문구를 보고 혹하지 않을 수가 없었다. 글을 쓴 지 1년도 안 된 초보 작가가 나의 이름으로 된 책 한 권만 내면 소원이 없겠다 싶었다. 이미 책을 출간한 작가 배출만 무려 천 명이 넘었다. 혹한다. 단 1개월에서 3개월 만에 책을 출간한다고 했다. 믿고 따라만 하면 책 한 권은 그냥 나올 것만 같았다. 내 마음을 송두리째 거머쥐었다. 고민하고 또 고민하였다. 두근대는 마음으로 일대일 상담을 신청하였다. 개인 면담 한 번 하는 데도 22만 원이었다. 상담하기 전에 추천하는 책과 유튜브를 보고 오라고 했다. 마음만은 이미 책 한 권을 출간한 저자가 되어 있었다. 긴장되는 마음으로 기차표를 예매했다. 운명이 바뀔 일주일 뒤만을 기다렸다. 그동안 카페에 올라온 책 출간 후기를 보았다. 3개월 뒤 나도 계약 완료라는 후기를 쓰겠지 하는 기대감과 확신이 스며들었다. 여기만 알면 모든 사람이 저자가 되었을 텐데 하며 꼭 나만 아는 비밀을 가진 듯했다.

부푼 꿈은 그리 오래가지 않았다. 앞을 가로막는 무언가가 있었으니 바로 고액의 비용이었다. 처음 일대일 상담을 마음먹었을 때만 해도 다른 건 눈에 들어오지 않았다. 그 이후는 생각해 볼 겨를도 없이 기회를 잡은 내가 뿌듯하기만 했다. 일대일 상담도 큰 용기였지만 이것만이 끝이 아니었다. 출간에 눈이 멀어 이때까지 책 쓰기 비용을 몰랐다. 알아볼수록 막막하기만 했다. 상담 비용과 책 쓰기 강의 비용은 별개였다. 어느 정도 예상은 했지만, 이 정도일 줄은 꿈에도 몰랐다. 생각하는 것보다 상상을 초월했다. 추가로 더 들어가야 할 천만 원 이상이라는 거액에 가슴이 철렁했다. 이것이 현실이구나. 꿈보다 비용에 절망하는 내가 안타까웠다. 순간 그 비용을 주고라도 신청하고 싶은 마음이 들기도 했다. 제정신이 아닌 듯했지만 다시 마음을 고쳐먹었다.

한 달 월급 받아서 생활하는 워킹맘에겐 거금의 액수였다. 1년 가까이 모아야 가능한 금액이다. 남편이 알면 기절초풍할 게 뻔하다. 모아 둔 비상금이 턱없이 부족한 나를 잠시 원망해 본다. 고작 돈 때문에 황금 같은 기회를 발로 걷어차 버리는 것 같았다. 무슨 부귀영화를 누리겠다고 허망한 꿈만 꾸는 것만 같았다.

성장에는 투자가 필요하다. 투자 없는 성장은 없다. 금전적으로 뒷받침되는 투자도 중요하다. 거저 얻어지는 것은 없다. 지금의 난 꿈도 절실하지만, 비용도 무시할 수가 없다. 대출해서라도 꿈을 좇는 게 맞는 걸까. 그냥 절실하지 않은가 보다며 맺음을 짓는 게 마음 편한 건지도 모르겠다. 책 출간이 꿈이었나 하는 생각조차 의심이 들었다. 아니, 하루 전만 해도 올해 안에 출간한 저자가 되었다고 확신했었다. 단 한 줄의 글을 읽기 전까지만 해도.

거액의 비용이 나만 걸림돌이 된 건 아니었다. 같은 처지에 있는 글을 보고 위안이 되었다. 등록은 못 했지만 쓰는 삶만큼은 내려놓지 않기로 했다. 포기하지 않는 마음도 같이 얻었다. 취소하려고 마음을 먹으니 가지 않을 이유에 대해서만 생각하게 되었다. 책 한 권 내기 위해 들이는 비용으로는 터무니없다는 생각이 들었다.

약속 날짜 전날 상담 비용을 되돌려 받았고 기차표도 환불받았다. 가지 않으려고 마음먹으니 또 보고 싶은 것만 보인다. 이미 실행하지 못한 결론에 마음을 안정시킬 다른 문구를 보았다. 기다렸던 것처럼 한순간의 의심은 또 다른 확신으로 이어졌다. 꼭 거금의 강좌만이 다가 아니다. 돈 때문이라도 악착같이 썼을 수도 있다. (그런 사례를 보기도 했다. 결국은 책 출간을 했다) 이곳이 다가 아니라는 생각이 들었다. 단기간에 혹했던 마음을 내려놓았다. 저렴한 비용의 강의가 가치 없는 것이 아니다. 어느

강의든 글쓰기를 가르치는 사람의 마음은 진심이 담겨 있다. 아직은 때가 아니라고 믿고 싶었다.

　돈으로 사지 못한 책 쓰기 강의는 다른 깨달음을 주었다. 지금은 비용 때문에 잠시 포기하지만 글쓰기까지 포기한 것은 아니었다. 포기할 수 없었다. 더 열심히 써야 할 이유만 남았다. 당장 출간의 목표를 둘 것이 아니라 지금 상황과 현재의 마음을 적어 내야만 한다.
　마음만 급했다. 왜 써야 하는지 질문조차 할 겨를도 없었다. 그저 쓰고 있으니 책이 나와야 하는 줄로만 알았다. 물거품처럼 사라진 출간의 기회는 접어 두고 다시 제자리로 돌아왔다. 오늘의 한 줄이 또 다른 문장으로 이어져 내일로 이어진다. 차곡차곡 쌓인 글들이 언젠가는 빛을 발할 거라 믿는다. 브런치스토리에 글을 남기면 소수지만 라이킷과 댓글이 달린다. 먼 훗날이 아닌 지금 당장 나의 글을 공감해 주는 이가 있어 보람차다. 지금 쓰는 기쁨을 만끽한다. 운명이 바뀔 뻔한 날이 아닌 오늘부터 또 다른 운명의 시작임을 알아챈다.
　이 글을 브런치스토리에 23년 6월에 발행하였다. 그 후로도 글쓰기는 이어졌고 쓰다 보면 길이 있을 거라 믿었다. 일상을 지켜 내며 무엇을 하든 쓰고 있어야 다음이 있다는 걸 알게 되었다. 결국, 책을 쓰기 전에 글쓰기가 먼저다. 책 쓰기는 포기했지만 글쓰기는 포기하지 않았다. 쓰는 일상을 놓지 않을 것이다.

5.
내가 독서 모임을?

사십 평생 넘도록 생전 처음 겪어보는 일들을 하나씩 경험하는 중이다. 글쓰기는 물론 글동무도 생겼다. 쓰는 일상을 위해 금주까지 강행중이다. 만 보 걷기는 글쓰기를 하기 전부터 해 오던 습관이다. 쓰고부터는 더 열심히 걸어야 할 이유가 분명해졌다. 건강 때문이기도 하지만 생각하는 시간을 가지기 위해서라도 걷는다. 요즘엔 걷는 시간보다 쓰는 시간에 더 할애하고 싶은 마음이 커진다. 한 가지 더 추가된 것이 있으니 바로 독서 모임이다.

지금까지 보고 싶은 책만 읽었다. 안 보는 것보다는 나으니까 이게 어디야 하며 혼자 자만했었다. 추천하는 책들도 내가 보고 싶어야 보는 거지 억지로 보고 싶지 않았다. 읽고 싶지 않은 책을 보는 건 왠지 시간 낭비를 하는 것 같았다. 더군다나 독서 모임은 남의 일로만 여겼다. 토론하고 참여를 해야 한다는 것이 부담으로 다가왔다. 일반 독서와는 차원이 다르다. 극대문자 I에겐 있을 수 없는 일이라며 외향형 사람들만의 모임인 줄 알았다. 나와 상관없는 일로만 여겼다. 안 할 거니까.

글쓰기에 관심을 두게 되면서 자연스레 독서 모임에도 눈길이 갔다. 책을 읽고 느낀 점을 말해야 한다니 생각만 해도 부끄럽다. 나만 다르게 생각하면 어떡하지? 그다지 중요하지 않은 내용을 뽑은 게 아닐까? 모자란 발표 수준을 만천하에 알리는 것만 같았다. 책을 좋아하는 사람이라면 독서 모임 하나쯤은 다 하는 것처럼 보인다. 꼭 글쓰기가 아니더라도 통과의례 같은 곳이다. 의욕이 넘치는 사람들은 한 군데도 모자라 두세 군데까지 참여하여 적극적인 활동을 펼친다. 책 한 권 읽는 것만으로도 버거운데 그저 경이롭게만 느껴졌다. 그러던 내가 '천무(천하무적)'의 문을 두드리게 되었다. 신기하다. 내가 독서 모임을?

초등학생부터 70대까지 다양한 연령대가 함께한다. 독서를 하고 싶은 마음만 있다면 누구나 참여할 수 있다. 이미 책을 출간한 작가들도 대다수다. 그 분위기만으로도 진중해진다. 두 번째 모임인데 떨린다. 소모임 공간으로 이동하는 마음은 더욱 쫄깃해진다. 처음엔 멋모르고 들어와서 따라가기 급급했다. 정신을 차리고 보니 끝나 있었다. 어떻게 돌아가는지 대략 파악한 뒤 두 번째는 미리 발표할 문장을 적어 두고 생각까지 옆에 끄적여 두었다. 나름 준비한다고 해도 내 차례가 다가오니 보일러도 돌리지 않은 방에서 얼굴은 열기로 후끈하다. 눈은 애꿎은 책장만 뚫어지듯 바라보며 발표인지 옹알이인지 분간이 안 간다. 일부러 천천히 또박또박 읽으려 노력했다. 첫날 긴장한 탓에 랩을 한 것 같아 이것만은 지키려 했다. 로봇처럼 말하는 내 모습이 웃기지만 하나씩 적응해 보려 한다. 내가 읽지 못한 부분을 짚어도 주었고 같은 문장을 읽어도 다른 의미로 해석되기도 했다. 고개는 절로 끄덕이는 인형이 되었다. 온라인 으로 생전 처음 보는 사람들과의 독서 모임은 책에 진심인 사람들로 똘똘 뭉쳤다. 소모임으로 나뉘어 일곱 명이 하나의 그룹으로 모이면 여섯 가지의 의견을 들을 수 있다. 나도 하나라도 더 전달하기 위해 진지하게 읽게 된다.

독서뿐만 아니라 개인마다 열심히 살아가지 않는 사람이 없다. 같은 공간에 있는 것만으로도 자세를 바로잡게 된다. 다독하는 작가의 포스 에 절로 고개가 숙어진다. 여태 나는 무얼 읽고 여기까지 이어져 온 건 지도 의아했다. 고작 소장하고 싶은 욕심에 책만 사들였지 제대로 파고 들어 읽었는지 의심이 들었다. 처음 모임에 들어왔다가도 다음에도 반 드시 참여한다는 보장은 없었다. 나도 계속 동참하겠다며 무조건 장담 할 수는 없지만 이곳만의 매력은 충분했다. 그 덕분에 6개월 연속 참여 하여 만원의 상품권도 받게 되었다.

쓰려면 읽어야 했다. 대충 읽는 버릇 고쳐 보려고 이곳에 발을 들였 다. 벌써 6개월이 지났다. 2주가 금방 돌아온다. 초반에 읽은 책 중 『지 금, 이 순간을 살아라』는 항상 근처에 두고 수시로 꺼내 보려 한다. 추천 도서가 아니었다면 내 의지로 사서 볼 책은 아니었다. 읽을수록 편안해 진다. 한 문장 읽고 지금 여기에 집중하고 있는지 생각하게 된다. 이런 별미 같은 매력의 추천 도서를 외면할 수가 없다. 모든 책을 사면 좋겠지만 한번 보고 안 볼 책들도 있다. 도서관을 적극적으로 활용한다. 한번 읽어선 내용을 다 알 수 없다. 처음부터 욕심내어 완독하려니 진도가 나가지 않는다. 읽어도 머릿속으로 들어오지 않는다. 한 권의 책에서 세 문장만 내 것으로 만들어 실천해도 그 책의 임무는 다한 것이다. 돌아서면 잊어버리기가 주특기라 기록하며 독서 노트에 끄적인다.

독서 모임을 하기 일주일 전부터 신경이 쓰인다. 불편하다. 당일은 웬만해선 약속을 잡지 않는다. 책에 집중한다. 발표할 내용을 어느 정도 미리 작성해 둔다. 늘 편할 수만은 없다. 성장하고 싶다. 성장에는 불편함이 숨어 있다. 지금까지 여러 사람 앞에서 발표하는 모습을 상상할 수 없었다. 자녀는 발표 잘하는 아이로 키우고 싶으면서 정작 나 자신은 손을 들 용기가 없었다. 언제까지 나 아닌 아이를 통해 대리만족을 느낄 수는 없다.

어떻게 발표를 하든 간에 내 방식대로 말한다. 읽고 해석하는 것은 개인마다 다르기에 정답이 없다. 틀린 것이 아닌 나와 다름을 인정한다. 같은 문장을 고르게 되면 공감대가 느껴져 내적 친밀감도 생긴다.

독서 모임에 들어갔더니 그 전부터 읽어 왔던 책들이 차고 넘친다. 보고 싶은 책 권수보다 읽는 속도가 따라가지 못한다. 하나씩 천천히 더도 덜도 말고 세 문장만 뽑아낸다.

독서 모임을 하면서 이거 하나만은 확실해졌다. 싫으나 좋으나 책을 가까이하게 된다. 그 자리에 앉아 완독하라는 게 아니다. 한 페이지, 한 문장만이라도 내 것으로 만든다. 언제 어디서든 손만 뻗으면 볼 수 있도록 근처에 책을 둔다. 혼자 읽었다면 하염없이 미루었을지도 모른다. 이거 하고 읽어야지 이번 주말에 각 잡고 봐야 한다는 생각을 했을 거다. 혼자 하는 독서, 혼자 하는 글쓰기에 활력을 불어넣어 준다. 함께 읽으면 오래간다. 함께하는 글쓰기가 멀리 간다. 독서 모임 매력 있다.

6.
내 몸 내 땀의 의미

하기 싫다. 힘든 거 아니까. 다리 아프고 숨이 찬다. 숨 쉬는 방법조차 잊을 만큼 가파르게 몰아쉰다. 그러니 머리도 띵하다. 굳이 왜 사서 고생하냐는 소리가 절로 나온다. 달리기 마니아도 아니고 매일 뛰지도 않는다. 그런데 잊을 만하면 또 생각난다.

그냥 뛰고 싶었다. 뛰지 않을 이유는 수만 가지이지만 단 하나 때문에 움직이게 된다. 러닝 목표를 달성했어요! 이 말 한마디 듣기 위해서다. 누가 나 대신 달성해 주는 건 없다. 달성이라는 단어 좋고 귀하다. 크고 작은 기준은 내가 정한다. 또 뛰었다. 작은 해냄이 다음 기회를 엿보게 한다. 뛰는 순간의 기쁨보다 완주했을 때 느끼는 성취감이 더 크다. 작은 기록들이 쌓인다. 아침이라 그런가? 공복이라서? 분명 힘들었는데 저녁에 뛸 때보다 몸이 한결 가벼웠다. 지금까지 3킬로미터 뛴 기록 중 가장 빠르다. 나만 아는 기록 깨기도 소소한 재미가 있다.

시작 전에 뛰어야 하는 이유를 구구절절 나열해도 와닿지 않는다. 내가 설정한 목표로 직접 두 발로 뛰어보는 느낌만이 다음을 기약하게 만든다. 긴 시간이 필요하지도 않다. 짧은 시간 안에 성취감을 맛볼 수 있다. 백 미터 남았다는 친절한 안내에 허리에 묶여 있던 패딩마저 벗어 던지고 마지막 속력을 내 달렸다. 종료 알림이 울린다. 끝났다. 홀가분하다. 지금, 이 순간만큼은 아무 근심 따위 생각나지 않는다. 오로지 내 심장 소리만 들린다.

5킬로미터, 10킬로미터, 하프마라톤을 목표로 달리는 건 아니다. 지금 시도하고 달성할 수 있는 3킬로미터만 해도 충분하다. 도전하는 자체로도 의미 있으니 이 만족스러움이 언젠가 차고 넘칠 날을 기다린다. 러닝 목표 달성 후 나오는 팝송이 알아듣지 못해도 오늘따라 더 감미롭게 들린다.

3일 연속 걷지 않았다. 대자연의 날이라는 이유로 푹 쉬었다. 걷지 않으니 계속 마음 한구석이 언짢다. 휴무 날 아침 여덟 시 둘째의 등교 시간에 맞춰 같이 나가려고 마음먹었다. 걷는 동안 세탁기도 '열일'을 하라고 수건도 돌렸다. 커다란 공원을 내 집 앞마당처럼 뛰고 걷다 보니 어느새 한 바퀴를 돌았다. 화사한 봄꽃들이 마중을 나와 눈으로 사진으로 담아 두었다.

운동을 마무리하고 집으로 오는 길 무얼 먹을까 고민한다. 평소 같으면 길게 생각지도 않고 바로 라면을 끓였을 거다. 미리 운동했더니 괜히 신중해진다. 소고기 샐러드를 사려다 집에 있는 재료로 먹기로 했다. 양상추, 사과, 오렌지, 견과류를 곁들인다. 비엔나소시지도 살짝 구워 주었다. 그 위에 요거트를 뿌려 주면 된다. 아침에 운동해야 하는 이유를 몸소 알게 되었다. 좋다는 거 아는 것과 직접 해 본 뒤 느낀 점은 천지 차이다. 뛰느라 수고했고 아침부터 만 보를 채운 나에게 건강식을 선물해 주고 싶었다.

달리기와 만 보 걷기, 나만을 위한 샐러드로 충만한 오전 시간을 보냈다. 완벽한 하루보다 스스로 만족할 수 있는 하루를 만든다. 내가 무얼 해서 기분이 좋아지는지 아는 게 중요하다. 오늘을 위해 일주일을 기다린다. 기다리는 시간마저 소중하니까. 버려지는 요일이 없도록 틈틈이 걷고 기록한다. 쓰는 비중이 늘어날수록 촘촘해지는 하루다. 비싸고 좋은 옷보다 땀으로 젖은 복장이 흡족한 순간이다. 샤워하고 샐러드를 먹으며 글을 쓰려고 준비하는 마음이 옳다. 굵고 짧은 확실한 성취감으로 켜켜이 쌓아 나가고 싶다.

러닝 기록

24.3.14 / 05:33 / 16:40 / 3.0km

손이 떨린다. 땀이 주르륵 흐른다. 그 와중에 글쓰기 창을 열었다는 게 장하다. 글을 쓰지 않았다면 뛸 수 있었을까. 뛰지 않았다면 쓸 수 있었을까. 흐르는 땀을 그냥 흘려보내기가 아쉬웠다. 쉴 내 진동하는 지금을 남기고 싶었다. 브런치 작가가 되고는 언제든 남기고 싶은 순간을 기록할 수 있어 하루가 살아난다. 나의 글을 보며 위로받고 나를 돌아보며 다시금 힘을 낸다.

평소 저녁을 먹고 밖으로 나온다. 남편이랑 같이 나오는 날은 걷고, 내가 달리기를 하고 싶을 땐 각자 운동을 한다. 남편의 근황도⁇ 궁금하기에 같이 걷는 시간도 필요하다. 혼자 나오는 날은 괜히 설렌다. 발걸음이 더 가볍게 느껴지는 건 기분 탓이겠지만 남편은 몰랐으면 한다. 하루의 마무리로 공원 두 바퀴를 뛰고 걸었다.

연이은 불볕더위로 바깥에 서 있기만 해도 힘든 요즘이다. 내 의지와 상관없이 온몸이 땀 범벅이 되고 만다. 덥다 덥다 하니 더 덥다. 대프리카(대구+아프리카)도 밤이 되면 누그러들지만 열대야다. 햇빛만 없어도 좀 살 만하다고 믿고 싶은 밤이다. 가만히 있어도 더운데 굳이 움직여 땀을 낼 필요가 있을까 싶지만 이왕 나는 땀 신나게 흘려보내리라 마음먹는다. 생각지도 않게 바람이라도 불어 주면 얼마나 감사한지 모른다.

땀이 없는 편이지만 여름은 다르다. 그냥 더워서 흘리는 땀이 아닌 내 의지로 움직여 나는 땀이 좋다. 스스로 내는 땀방울이 귀하고 고맙다. 평소 사소한 고민 따위를 크게 만들고 싶지 않다. 고민이 꼬리를 물어 계속 생각하다 보면 풍선처럼 커진다. 당장 해야 할 것만 생각한다. 부정적인 생각이 올라올 때마다 몸을 움직여 고생시킨다. 땀방울이 떨어질 때마다 고민하나 걱정거리도 같이 흘려보낸다.

달리는 동안 땀이 눈이고 얼굴이고 온몸에 타고 흐른다. 자연스레 목 아래 옷을 끌어 올려 얼굴을 쓸어내린다. 땀으로 범벅된 옷 사이로 쉰 내가 진동한다. 기분 나쁜 쉰내가 아닌 내 의지로 움직여 나는 땀 냄새는 거뜬하다. 그냥 씻을 때는 몸이 시원하지만, 운동 후 하는 샤워는 마음까지 상쾌하다. 가끔 운동 나가기 귀찮을 때도 밖을 나와 몸을 움직여 땀을 내고 씻을 때가 있다.

'내 돈 내산'이라는 말이 있다. 내 돈으로 직접 사서 쓰는 소비보다 '내 몸 내 땀'이 좋다. 내 몸 내가 움직여 나는 땀이 더 값지고 의미 있다. 건강하다. 활기차다. 에너지가 느껴진다. 덥다고 짜증만 내기보다 더운 여름 내 의지로 흘리는 땀으로 의미 있는 하루를 마무리해 본다.

7.
커피 믹스 끊기

삼일절인 아침 어김없이 여덟 시 십오 분에 일어났다. 알람은 여섯 시에 맞춰 놓았지만 역시나 단번에 일어나는 기적은 없었다. 새벽 네 시가 넘어 겨우 선잠이 들었기 때문이다. 평소 커피와 무관하게 잠이 잘 들지만 어쩌다 한 번씩 뜬눈으로 밤을 지새울 때가 있다. 하필 오늘이 될 줄이야. 저녁 늦게 마신 커피가 새로운 한 달, 일찍 하루를 시작해 보려는 계획에 걸림돌이 되었다. 그렇다고 커피를 완전히 끊는다고는 하지 못한다. 되도록 늦은 시간에는 피해야겠다.

'1일이니까 시작해 볼까?'로 소소한 마음이었다가 적을수록 비장해지는 결심이 생겼다. 블랙과 라테는 슬쩍 눈감아 주지만, 또 다른 떼려야 떼지 못한 복병이 하나 있다. 새벽 기상은 물 건너갔으니 다음 목표는 커피 믹스 끊기다.

출근 후 물걸레를 밀대에 고정한 뒤 바닥을 닦고 침구 정리를 한다. 원장님 출근까지 대략 15분이 남는다. 잠시 쉬는 동안 팔팔 끓인 물에 노랑 봉지 점선 따라 떼어 내어 희고 고운 가루와 갈색 덩어리를 텀블러에 붓는다. 커피 믹스의 맛은 물양에 따라 달달한 농도가 달라진다. 눈대중으로 대충 붓는 것 같지만 나만 보이는 물 선이 있다. 달콤한 향이 텀블러 안을 가득 메운다. 뜨거운 열기가 단단한 스테인리스를 감싸고 온기를 전한다. 목구멍을 넘어 식도를 타고 내려가는 동안 내 몸은 달달함에 흠뻑 젖는다. 이 맛이지. 그리 길지 않은 시간이지만 허기와 오전 에너지를 채우기엔 충분하다. 나만의 바리스타와 짧은 찰나를 함께해 왔다. 그렇게 오전 루틴처럼 마셔 왔던 노랑 봉지와 잠시 거리 두기를 하려고 한다.

　금주 다음으로 커피 믹스인가. 내일부터 금주라는 말을 공개한 후 바로 시작했다. 커피 믹스를 끊는다는 결심 역시 난이도 상을 버금가는 시도다. 매일 아침 빈속을 책임지다시피 했던 영혼의 단짝 같은 존재였다. 아침에만 찾았을까. 점심 먹고 한 잔, 입이 심심하다는 이유로 최대 세 잔까지도 마셨다. 최근에는 노랑 봉지 두 개를 동시에 부어 물 반 우유 반까지 데워 넣어 한층 더 부드럽고 달콤한 신세계의 맛을 경험했다. 한번 마시게 되니 계속 우유를 찾게 되는 지경에 이르렀다. 달달함의 유혹은 생각보다 더 강렬했다. 커피 믹스 하나만 마셔도 당 때문에 신경이 쓰이는데 한꺼번에 두 봉은 좀 과하다 싶었다.
　오늘 아침 노랑이 대신 찾은 건 우엉차였다. 가끔 대신 마시기는 했지만 이내 커피 믹스로 갈아탔었다. 다시 한번 도전해 보자 하는 마음으로 우엉차의 효능을 검색해 보았다. 다이어트와 당뇨 개선, 혈액순환, 장 건강, 면역력과 뼈 건강까지(네이버 참조) 안 챙겨 먹을 이유가 없었다. 우엉차의 좋은 점을 머릿속에 각인시키며 입이 마를 때마다 목을 축였다. 달달함 대신 구수함을 택했다. 다시 겨울이 온 듯한 출근길에 몸이 으슬해서였을까 미지근함보다는 몸이 데워질 정도의 뜨끈함으로 하루를 시작했다. 왠지 모를 느낌이 좋다. 다시 돌아올지언정 최소 한 달은 이어가 보자. 줄이는 건 없다.

한 달 전 커피 믹스 끊기라는 글을 쓰고 안 마신 지 38일이 되었다. 매일 하루 두세 번은 달고 살았던 내가 무언가 마음을 먹었다. 일단 한 달이었다. 아침마다 원래 그랬던 것처럼 우엉차를 우린다. 텀블러에 가득 채웠다. 뜨거운 물만 부었다간 언제 마실지 모르기에 찬물도 같이 넣었다. 마시기에 부담이 없다.

커피 믹스가 당겼던 이유를 알 것 같다. 첫 느낌이다. 뜨거우니 바로 마시지 못한다. 달달한 향에 취해 정성스럽게 기다리는 그 찰나의 시간을 좋아한다. 몇 번의 입김으로 밀려 나가는 진한 갈색 물결이 나의 입술과 밀당을 한다. 마실까 말까 방심하다 입술과 충돌하면 자칫 정신 번쩍 드는 순간이 있다. 입천장이 무사하도록 대어 보는 첫 모금이 조심스럽다. 마지막 한 방울까지 마주하는 시간이 그리 길지 않아 더욱 아쉬움을 남긴다. 오랜 만남을 가지려면 한 봉으로는 턱도 없다. 두세 봉 뜯었다간 달달함 초과로 중독으로 가는 지름길이다.

커피 믹스 처음 마실 때의 느낌이 무언가를 시도하려는 열정과 같다. 달달한 향이 은은하게 훅 파고든다. 당장 마셔야 할 것만 같은 마력이 있다. 계속 생각난다. 향기, 온도, 장소, 시간의 타이밍에 따라 구미가 당긴다. 다른 커피에 비해 저렴해서 부담 없이 자주 즐길 수 있다. 한번 빠져들면 헤어 나오지 못하니 문제다. 그 느낌 그대로의 중독성을 고스란히 다른 것으로 대체하려니 시행착오를 겪는다. 몇 번이고 헤어지려 노력했지만 실패를 봤다. 커피 믹스 대신 마실 거리는 넘쳐 난다. 마음마저 내어 주려니 힘든 거다. 마의 구간을 무사히 넘어 한 달이 지났다. 아직도 생각은 나지만 선뜻 손이 가지는 않는다. 생각과 행동이 같이 따라가지 않는다. 마시지 않는 사람으로 인식된 거다.

어떤 일이든 해도 그만 안 해도 그만 누구 하나 머라 하지 않는다. 전혀 이상하게 느껴지지 않은 일이 있다. 시도하는 데에는 나름의 이유가 있고 하다가 그만둘 때도 개인적인 핑계는 늘 따라오기 마련이다. 어느 곳에 의미를 두느냐에 따라 만족감이 달라진다.

뜨거운 것은 시간이 지나면 식게 마련이다. 열정은 다시 시작할 수 있는 의지를 불어 주지만 한번 식어 버리면 다시 시도하기에 시간이 걸린다. 열기를 유지하는 데에도 꽤 에너지가 소모된다. 지쳐 버린다. 언제나 뜨거울 수만은 없다. 하마터면 손 델 뻔한 열정에 주의해야 한다.

이제는 커피 믹스의 달콤한 자극을 원하지 않는다. 어차피 몇 번 마시면 사라질 여운이다. 열정이 다가 아니다. 글쓰기도 열정만으로는 이어나가지 못한다. 꼭 무언가 마음먹고 해야지가 아닌 자연스럽게 이어지고 싶다. 내 옆에서 금방 수다 떨고 가 버리는 커피 믹스 말고 묵묵히 내 이야기 오래 들어 주는 부드러운 라테가 좋다. 작디작은 종이컵이 아닌 뭉근한 따뜻함을 오래 유지할 수 있는 텀블러에 고이 담아 본다. 각 잡고 노트북을 꺼내야만 글을 쓰는 것이 아닌 언제든 볼펜을 꺼내 끄적이는 내가 되고 싶다. 수첩이 늘 내 손안에 있는 것처럼. 한 모금만 마셨을 뿐인데 입안에 강렬한 커피 믹스보다는 부드러운 라테를 머금은 채 '글 머들고' 싶다. 글쓰기에 스며든다.

커피 믹스 끊는 게 뭐가 대수라고 장황하게 설명한다. 해야 한다. 무언가 '할 것이다' 보다 '했다'는 작은 말 한마디가 미소 짓게 만든다. 평범한 일상 속 나와의 크고 작은 약속을 지키려 부단히 노력한다. 매번 성공하지 못한다. 아무도 모르기에 조용히 다시 시작하면 된다. 알아주는 이가 없어도 내가 나를 알아주기에 더 의미가 있다. 오늘의 애씀이 또 다른 성취감을 안겨 줄 것이다. 다음에는 어떤 대수롭지 않은 도전을 시작해 볼까 기대가 된다.

8.
조회 수 폭등의 유혹

브런치스토리에서 '햇님이반짝'이라는 필명으로 활동하고 있다. 22년 12월 16일 6수 만에 작가로 승인되었다. 써 둔 글은 그대로인데 앞으로 어떻게 쓰겠다는 소개 글과 목차에서 몇 번을 퇴짜맞았다. 수정한 후 바로 합격 승인을 받을 수 있었다. 그 후로 매주 한 편의 글을 발행했다. 일주일 만에 글을 쓰려니 잘 써지지 않았다. 조금 더 자주 쓰기로 했다. 일주일에 두세 편 쓰기도 하고 100편을 찍은 후로는 1일 1글을 내어놓을 때도 있었다.

브런치스토리에 글을 발행하면 간혹 매 시간 인기 글이나 에디터 픽이 되는 경우가 있다. 다음 홈&쿠킹이라는 화면에 뜨기라도 한다면 평소 볼 수 없던 조회 수에 눈이 번쩍인다. 초반에 같이 글을 쓰기 시작한 작가들은 쓰자마자 메인에 올라오는 일도 있었다. '조폭(조회 수 폭등)'을 경험하는 작가들이 점점 늘어나기 시작했다. 부러웠다. 내 글은 언제 한번 뜨나 내심 기다렸다.

처음 다음에 내 글이 떴을 때가 생생하다. 여느 때와 같이 일하다가 동기들의 단체톡에 축하한다는 메시지가 줄줄이 오르고 있었다. 나를 향하는 축하였다. 다른 작가가 내 글이 메인에 뜬 걸 캡처하여 단체톡에 올려 주었다. 축하 꽃다발 이모티콘이 연이어 올라오는데 심장이 뛰기 시작한다. 근무 중이라 마음껏 표현하지는 못했다. 눈가는 이내 촉촉해졌다. "일하다 울컥했어요. 정말 쓰길 잘했다고 생각이 들어요!" 그랬다. 썼으니까 이런 경험도 있는 거다. 첫 메인을 장식한 글은 언제 또 이런 일이 있을까 싶어 여러 차례 캡처해 저장해 두었다. 첫 메인을 장식한 글은 「우리 집에 우렁각시가 다녀간 날」이었다. 짜릿했다. 이런 느낌이구나. 이렇게 쓰면 된다고 인정받는 느낌이었다. 작가가 되기 전에는 [슬초브런치프로젝트1기] 이은경 선생님의 피드백이라도 받았지만 작가가 된 이후로는 모든 글은 내가 알아서 써야 했다.

그 뒤로도 메인 장식을 위해서라도 꾸준히 발행했다. 덕분에 근근이 인기 글과 다음 화면에 떴다. 이제는 안다. 조폭을 당해도 내 일상엔 아무 일도 생기지 않는다는 것을. 오르든 안 오르든 꾸준히 써 내는 게 중요했다.

처음으로 픽 된 글도 시어머니에 관한 내용이었다. 우렁각시 글의 조회 수는 9000을 넘지 않았다. 그 뒤로도 가끔 집에 들르시는 시어머니에 관한 이야기를 써 냈다. 시어머니 글은 종종 메인 화면에 올랐다. 김장철이었다. 우리 집에선 대수롭지 않은 일이 큰일을 냈다. 조회 수가 1000, 2000… 9000을 돌파했습니다라는 알람 울리는 간격이 그리 길지 않았다. 보통은 몇 시간이나 하루 만에 올리기도 하는데 이날은 달랐다. 9000에서 1만을 찍는 데 단 15분이었다. 「친정 김장에 시어머니가 오셨다」 이 글로만 조회 수 8만을 찍었다. 친정과 김장 그리고 시어머니까지 서로 만나선 안 될 세 단어로 일어난 일이다. 상상해선 안 될 일, 미리 뒷목 잡을 것을 예견하고 들어왔을 독자들에게 조금 실망감을 안겼을 수도 있다. 제목이 다했다. 물론 내용도 다른 집들과는 별개로 조금 특별한 것이 있는 건 분명하다. 그래도 이렇게까지 많은 관심을 가질 줄은 몰랐다.

덕분에 하루 종일 통계 안을 문지방 닳듯이 드나들었다. 오래간만에 맞은 조폭(조회 수 폭등)으로 들어갈 때마다 올라가는 조회 수가 그저 경이롭기만 하다. 단지 숫자만 오를 뿐 현실은 지극히 아무 일도 일어나지 않는다. 그냥 올라가는가 보다. 역시 시어머니와 친정과의 이루어질 수 없는(?) 관계에 사람들은 관심이 많다는 걸 다시 한번 느낄 수 있었다.

김장 글을 쓰고 달라진 게 있다면 일반적이지 않은(?) 시어머니에게 감사한 마음이 들었다. 어머니는 늘 한결같으셨고 앞으로도 그럴 것이다. 어떤 말을 하여도 어떻게 받아들이는가의 내가 있을 뿐. 20년 전이나 지금이나 달라진 건 남자친구의 엄마에서 시어머니로 바뀐 것뿐이다. 글을 쓰면서 시어머니에 대해 조금 더 생각해 보는 시간도 가지게 되었다. 관심 가져 주고 읽어 주신 분들에게 감사하다. 무엇보다 이 영광을 시어머니와 가족에게 돌리고 싶은 마음을 혼자 고이 간직하며 앞으로 더 세

밀하고 어떤 일이든 허투루 넘기는 일 없이 유심히 관찰해야겠다는 생각이 든다.

*조회 수 16만을 찍었다

이건 남겨야 한다. 또다시 만날 수 있을까. 숫자가 너무 많다. 평소 보던 조회 수가 아니다. 정신이 혼미하고 황홀하다. 구름 위를 걷는 기분이다. 조회 수 8만을 찍은 「친정 김장에 시어머니가 오셨다」를 누르고 「며느리 직장에 나타난 시어머니」 글이 당당히 순위 1위로 올라섰다. 시어머니가 시어머니를 제쳤다. 나에게 숨 쉬듯 한 일상이 다른 사람들에게 의아함(?)을 남겨 주었다.

휴무 날 둘째랑 있었던 일을 발행했다. 딸이 문자를 보내는 순간 고마웠다. 내용도 사랑스럽지만 바로 글감이라는 걸 알아챘다. 당일 조회 수 백을 넘었다. 평소 같으면 하루 만에 백을 넘는 일은 드물다. 그 전날 쓴 시어머니의 글을 보는 사람이 많아서 덤으로 높은 줄 알았다. 첫날은 맞다. 다음 날 우연이라기엔 1000을 돌파한 알람이 온다. 혹시나 하고 다음 화면을 확인해 보았더니 마침 내 눈에 두 개의 제목이 동시에 보인다. 「며느리 직장에 나타난 시어머니」와 「초6 딸의 심기를 건드렸다」가 보였다. 하나도 감사한데 두 개라니 신기하고 신기하다. 앞으로 이런 화면 두 번 다시 볼 수 있을까 싶어 얼른 캡처해 놓았다. 전체 통계로 24년

4월 12일 조회 수는 70970을 찍었다. 하루 조회 수는 기적이지만 매일 써 내는 내가 기적이었다.

불과 몇 분 전 중2 딸과 말다툼을 했다. 새벽 한 시가 다 되어 가는데 내 옆에서 구시렁거린다. 얼른 자라고 했지만 꿈쩍도 하지 않는다. 낮에 실컷 피아노 치면서 놀 때는 언제고 인제 와서 동생이 시끄러워 공부를 못 했다는 둥 헛소리를 해 댄다. 꼬리에 꼬리를 무는 대화에 평온했던 마음이 순식간에 불덩이로 번진다. 화가 솟구치면서도 이걸 어떻게 글로 연결 짓지라는 생각이 자연스레 맴돈다. 중2 딸이 심기를 건드린다고 연재라도 쓰고 싶은 판이다. 아이는 자신(?) 있을 것 같은데 내가 써 낼지 의문이다. 쓰다 보니 또 솔깃하다. 이래서 자꾸 손가락을 움직여야 하나 보다.

조회 수 폭등이 가져다주는 장점과 단점이 분명하다. 장점은 평범한 일상에 깜짝 선물과도 같은 기쁨을 안겨 주는 것과 글을 계속 써 나가는 데에 있어서 큰 힘이 된다. 쓰길 잘했다는 확신이 든다. 그에 비해 단점은 다음 글을 쓰는데 나도 모르게 신경이 쓰인다는 것이다. 힘이 들어간다. 더 잘 써야 할 것 같다. 이내 곤두박질 당할 그래프를 덤덤히 맞이할 준비를 해야 한다. 물론 조회 수에 연연하지 않고 꾸준히 글을 써 내야 하는 것이 제일 막중한 임무다. 기승 전 일희일비하지 말고 평정심을 유지하는 정신을 가져야 하는데 지금도 안 되고 있다. 그래서 어제의 발행을 놓쳤다는 핑계를 대어 본다. 이상과 현실을 오가는 바쁜 하루였다. 써 내지 않으면 다시 어깨가 처질지도 모른다. 그렇게 꾸준히 쓰는 행위가 잠깐의 이벤트보다 중요한 이유다.

지금처럼 써 나가면 된다고 하면서 조회 수에 집착하고 있다. 어쩔 수 없나 보다. 필요 이상의 집착은 화를 부른다. 순수한 마음으로 글을 쓰기엔 자꾸 때가 묻는다. 이조차도 과정이라 여기며 다음 전체 조회 수는 100만을 도전한다. 그때도 아무 일도 일어나지 않을 걸 안다. 스스로 정하는 목표가 다음 글을 쓰게 한다. 내 만족이다. 사소한 일상을 써 내는 동안 마음의 진동이 울린다. 미세한 울림이 감지되는 느낌이 좋다. 놓치고 싶지 않다. 이 울림 지키고 싶다.

9.
***님이 내 브런치를 구독합니다

　브런치스토리에 글을 발행하기 시작하면 구독자가 생긴다. 나는 운이 좋게도 함께 글을 쓰기 시작한 [슬초브런치프로젝트1기] 작가들과 서로의 힘이 되어 주었다. 맞구독의 힘을 발휘하였다. 초보 작가는 라이킷 하나에 힘을 얻는다. 초반에 서로의 글을 읽어 주며 라이킷과 댓글로 응원을 주고받았다. 글을 쓰는 원동력이 되었다.

　어느덧 글을 쓴 지 1년이 넘었다. 브런치스토리에 하루에도 수십 번 들락거리며 동태를 살핀다. 매시간 인기 글은 누구인지 오늘의 작가는 누구인지 훑어본다. 그중에 구독자 급등작가란이 있는데 이곳에 올라가려면 하루에 구독자가 스무 명 이상 늘어야 하는 것으로 안다. 대박 사건이라고 안 적고 싶지만 비슷한 경험을 했다. 누가 보면 급등작가에 오른 줄 알겠지만 그런 일은 일어나지 않았다. 하루도 아닌 22일 만에 구독자가 스물다섯 명이 늘어났다. 이미 내 마음속으로는 급등작가다. 혼자 설레어도 좋다. '***님이 내 브런치를 구독합니다.' 그 어떤 문구보다 아름답다. 메인 장식보다 더 뿌듯하고 보람차다. 라이킷도 소중하지만 백배 천배 감사하고 감격스러운 장면이 아닐까 싶다. 보고 있어도 또 보고 싶은 구독자님이다. 라이킷 하나 없이 바로 구독을 하는 경우가 있다. 훅 파고든다. 초보 작가는 별거에 다 심쿵 모드다. 오다 주운 꽃 한 송이 무심하게 툭 건네주는 것 같다. 브런치스토리에 글을 쓰지 않는 독자 중 구독자가 두 명으로 표시되어 있다. 하나는 브런치스토리 팀이고 나머지 하나가 나만 구독되어 있다. 송구스럽기 그지없다. 감개무량이 차고 넘친다. 괜히 어깨가 무겁다. 기꺼이 무게를 감당하겠으나 혹여나 돌아설지언정 가시는 길 고이 보내 드리오리다. 블로그 이웃과는 비교도 안 될 만큼 한 명 한 명이 소중한 이곳이다. 정보성보다 오직 글 하나로 인정받는 이곳이기에 더 애착이 생긴다. 구독은 늘 환영이지만 취소하는 마음은 자물쇠를 채우고 싶은 심정이다. 고이 보내드리려는 생각과 말은 다르다.

　하루하루 있었던 일상의 기록과 생각을 남기고 있다. 2주, 3주가 넘어도 구독자 소식이 들리지 않을 때가 허다하다. 느리지만 나에게도 한 명씩 구독자가 생기고 있다. 어떨 땐 의심이 들기도 한다. 어떤 글을 보고 나를 구독하려는 마음을 먹었는지 궁금하다. 단 한 번의 호기심으로 구독을 누른 건 아닌지 걱정도 되었다. 어느 날 내가 보던 숫자에서 한 명이라도 빠질 시 왜 나갔을까. 어떤 게 마음에 들지 않았는지, 더 이상 기대할 것이 없다고 생각하여 나갔을 게 분명하다. 구독자에 집착하는 시간도 있었다. 쓸데없는 데 정신 놓다 보면 나에게 집중하지 못한다. 엉뚱한 데 혼이 팔리면 다음 글을 내어놓지 못한다. 초보 작가는 이것저것 신경 쓸 겨를이 없다. 오로지 글쓰기에만 몰두해도 모자랄 시간이다. 구독자에 너무 연연하지 않기로 한다. 유지하는 것도 감사하다.

구독자 급등작가보다 더 중요한 것이 있으니 지금처럼 생각날 때마다 끄적였으면 한다. 한 편의 글을 쓰는 데는 혼자 기획과 연출, 감독까지 맡는다. 일인다역을 맡은 만큼 독자들에게 처음부터 끝까지 내 생각과 느낌을 전한다. 언제 이런 글을 쓰겠다는 연재도 하지 못한다. 상상 속의 옹알이만 맴돌 뿐이다. 그저 의식의 흐름대로 그때그때 생각나는 이야기를 나열한다. 오늘만큼 소중한 날이 없다. 아직도 초보 작가의 딱지를 떼지 못한다. 떼고 싶지 않다. 초보라서 겁 없이 쓸 수 있다. 쓸 수 있어서 오늘의 의미가 남다르다. 브런치스토리에 글을 발행하면서 동시에 초고를 쓰고 있다. 그러니 초고를 내어놓는 시기가 길어질 수밖에 없다는 핑계를 대어 본다. 브런치스토리에 글을 발행하지 않으면 나도 모르게 마음 한구석이 찝찝해진다. 나의 책이 하루빨리 나오길 바라지만 책보다 더 소중한 건 오늘이다. 오늘의 일상을 쓰는 한 편이 또 다른 초고이기에 허투루 그냥 넘길 수가 없다. 그때그때 있었던 일을 브런치스토리에 내어놓는다. 글의 개수가 하나씩 올라간다. 숫자가 올라갈수록 마음이 충만해진다. 내가 언제 이만큼 적었지 하며 스스로도 놀라며 감탄한다. 나의 이야기를 내어놓아야 구독자가 생긴다. 오늘이 먼저다. 이 책을 쓰는 이유도 하루하루 소중하고 의미 있는 일상을 담아내기 위해서다. 생각날 때까지 기다리는 것이 아닌 오늘 내가 한 일들을 적어 내야 내일의 이야기도 써 낼 수 있다. 내 이야기를 할 수 있는 곳, 진심으로 읽어 주는 독자들이 있어 오늘도 끄적인다. 책만을 목표로 써 내었다면 책을 쓰고 난 뒤의 내가 허무해질 것만 같다. 흔들리지 않기 위해 지금의 일상을 놓치지 않으려 한다.

특별한 일이 있을 때만 쓰는 것이 아닌 일상에 모든 일을 이벤트로 남기고 싶다. 화려하진 않지만 안 보면 궁금한 이야기로 매 순간 함께 나누고 싶다. 순간의 기억을 붙잡아 한 편의 글로 이어 간다. 제각기 다른 성향의 독자들이 극내향인인 나를 구독하는 게 신기하다. 쓰면서도 글 뒤에 숨고 싶었다. 적을수록 부끄러운 장면이 많지만 한편으론 한 문장이라도 더 솔직하게 적고 싶다. 하는 말이 서툴러 아직도 연습 중이다. 매일의 연습을 쌓아 가다 보면 내 이야기를 궁금해하는 독자도 늘어날 것이라 믿는다.

글은 혼자 쓰지만, 누군가에게 읽혀야만 나아갈 수 있다. 한 문장, 한 편의 글을 적을 때마다 세상과 부딪힌다. 이게 맞는 말인지 아닌지 알 수 없다. 나의 일상엔 정답이 없다. 정답 없는 이야기이기에 쓸 수 있었다. 초보 작가는 죽이 되든 밥이 되든 일단 써 내야만 한다. 가끔 내 이야기에 공감해 주는 독자가 오늘을 설레게 만든다. 그 설렘은 또다시 쓰기로 이어진다. 쓰다 보면 더 잘 쓰고 싶어서 방황도 하고 주춤하기도 한다. 또 다른 날은 드물게 술술 써지는 날도 생긴다. 모든 게 나의 모습이다. 기록하다 보면 흥분되어 뛰어갈지라도 성급히 날진 않아야겠다. 쓰고자 하는 말들 꾹꾹 눌러 담아 고이 쌓아 간다. 적어 낼수록 긴장되고 설레는 요즘이다. 봄이 가고 여름이 오고 있다. 하루하루를 끄적이다 보니 나도 모르게 계절에 스며들고 있었다. 건물 안에만 있으면 바깥 기온이 어떻게 변하는지 알 수 없다.

혼자 쓰는 일기로만 만족하지 않는다. 혼자만의 다짐으로만 끝나지 않는다. 오늘 아침에 먹었던 과일, 점심때 나와 함께 산책한 길고양이, 저녁에 가족과 저녁 먹으며 나눈 이야기, 나를 위해 운동한 이야기 적어 내면 의미 없는 날은 없다. 행복과 연결되어 있다. 8년 차 평범한 워킹맘이 오늘을 써 냈다. 초보 작가인 나도 글을 써 내니 모든 이가 마음만 먹으면 쓸 수 있다는 용기도 주고 싶다. 세상과 소통하니 조금씩 나의 안부를 물어봐 주는 것만 같다. 써 냈기에 내 이야기를 궁금해한다. 궁금하지 않더라도 내가 나에 대해 더 관심을 두는 특별한 시간이기도 하다. 적다 보면 나도 몰랐던 내가 불쑥 나올 때가 있다. 진짜 하고 싶었던 말이 나올 때 희열을 느낀다. 생각의 꼬리를 물고 늘어질 때만이 나올 수 있다. 그 꼬리의 끝을 궁금해하는 독자를 위해서라도 파고들어야 한다. 미래의 나에게 남기는 편지이기도 하다.

평범한 일상에 의미를 부여하였더니 나를 궁금해하는 독자가 생겼다. 그들을 믿고 내어놓는다. 오로지 내 이야기를 궁금해할 단 사람을 위해서라도 힘든 일, 좋았던 일, 기뻤던 모든 순간을 내어놓으면 설렘과 기적이 동시에 생긴다.

***님이 내 브런치를 구독합니다. 감사합니다♡

10.
쓰는 일상이 되었습니다

22년 12월 16일 브런치 작가가 된 이후 꾸준히 글을 발행하였다. 23년 10월 3일 드디어 백 번째 글을 발행했다. '할 수 있을까?'라는 의심의 싹이 무성히 자랄 때도 썼다. 싹은 결국 백 송이의 꽃이 되었다. 쓸 수 있을까 하는 상상만 했다면 백 편까지 쓰지 못했을 것이다. 상상과 글감을 한데 모아 한 편의 글로 엮어 냈다.

브런치 작가를 신청하지 않았다면 지금도 쓰는 모습은 상상할 수 없다. 매일 똑같이 반복되는 일상 속에서 쓰고자 하는 이유를 찾았다. 딸과의 실랑이도 우렁각시가 다녀간 이야기도 매일 걸으며 느꼈던 생각까지 남기지 않았다면 모두 물거품처럼 사라졌을 일상이다. 적을수록 내용은 중구난방 산으로 갔다. 흰색 바탕에 검은 글씨를 메꾸기만 해도 흐뭇했다. 아무 말은 계속되었다. 아무 말 속에 내가 있었다. 쓰고자 하지 않았다면 글로 남긴 추억도 일기조차도 없다. 글은 남는다. 내가 남는다.

브런치스토리에 쓰다만 글은 작가의 서랍에 저장한다. 저장된 글들이 수두룩하다. 제목만 적어 놓은 것과 몇 문장만 남긴 것도 있다. 파고들지 못하고 새로운 글을 적고 있다. 지금까지 무슨 생각으로 어떤 마음으로 써 왔던 걸까. 이제는 이유보다 그냥 써야 한다는 생각부터 앞선다. 일단 쓰기. 오로지 하나다. 써야만 하니까. 하나씩 계단을 밟아 나간다. 계단은 내가 만든다. 뼈대를 세우고 시멘트를 바르며 딛고 올라선다. 무너지지 않는 나만의 손때가 담긴 탄탄한 계단을 만드는 중이다.

처음엔 일주일에 한 편이라도 발행하면 다행이었다. 마음속의 발행날이 다가오면 또다시 독촉에 시달리듯 급해졌다. 일주일의 시간은 번갯불에 콩 볶아먹듯 빠르게 흘렀다. 뒷심을 발휘하여 1일 1 글을 써 내는 나조차도 신기한 경험을 했다. 밀어붙이니 된다는 자신감도 생겼고 지금 안 쓰면 내일도 못 쓴다는 압박을 주기도 했다. 마무리가 이상해도 던졌다. 던지지 않으면 다음 글을 못 쓰니까. 스스로 다그침이 나를 끌어 주기도 했다. 에피소드가 없으면 글쓰기에 대한 마음을 써 냈다. 그 내용이 그 내용 같았다. 같은 머릿속에서 나오는 말이기에 그러려니 하면서도 탐탁지 않았다. 그렇다고 내버려 둘 수도 없었다.

글을 쓰면서도 미루는 일도 많았다. 청소는 물론이며 설거지까지 미룰 수 있는 건 다 미뤘다. 이내 책을 출간한 것도 아니면서라는 마음의 소리가 나온다. 그런데도 그런 정신으로 써야 하지 않겠냐는 마음으로 다시 굳혀 본다. 이마저도 미룰 용기라 부르고 집안일은 우선 쓰고 나서 돌아보기로 한다.

글쓰기보다 더 꾸준히 해 오던 것이 있었다. 독서보다 미룰 수 없었던 건 술이었다. 글은 맨정신에 더 잘 쓰이지만 글 발행 후의 후련함을 배로 느끼고자 함께 했던 술은 점점 글감이 아닌 살과의 전쟁으로 이어 갔다. 음주와의 전쟁은 풀어야 할 과제였다. 금주하기 전까지만 해도 글보다 술에 더 취해 있었다. 이제는 술을 마시지 않아도 글쓰기를 이어 갈 수 있다. 그렇게 만들었다. 하기로 했다. 단 하나에 중점을 두기로 했다. 마음속의 그날이 오기를 기다리고 있다. 마음속의 그날은 출간 날이다. 쓰는 일상이 되었기에 그날도 곧 다가올 거라 믿는다.

발행은 용기다. 백번의 용기를 냈고 앞으로도 내야 한다. 쓰고자 하는 자신과 열정도 유지하며 생각도 내려놓아선 안 된다. 꽤 번거로울 수 있으나 이미 백 번이라는 적지 않은 디딤돌로 백 한 번의 또 다른 여정도 다시 시작할 수 있었다.

백 번의 발행은 의미가 컸다. 뿌듯함, 자존감, 실행이 무엇인지 알려 주었다. 다시 이백이라는 숫자를 바라보며 달렸다. 24년 5월 31일까지 249편의 글을 발행했다. 글을 쓸 때와 쓰지 않을 때의 나는 같은 사람일까 하는 의문이 들었다. 평소 아는 지인들에게 주절주절 글을 쓰고 싶다는 이야기를 해 본 적이 없다. 겉으로 보이는 나는 쓰는 사람이 아니다. 꼭 들켜서는 안 될 일을 하는 것처럼 은밀히(?) 쓰는 중이다. 그런데도 스스로 만족하는 글은 모든 사람이 읽어 주길 바란다. 자신 없는 글을 썼을 땐 그저 발행 순간의 안도감과 오늘을 기억하는 데에 의미를 둔다.

발행할 때마다 시험지를 제출하는 것 같다. 시험지의 성적을 매길 사람은 아무도 없다. 결과는 오직 나만이 안다. 결과에 상관없이 후련한 기분을 만끽해 본다. 시험공부를 열심히 하지 않아 자책도 한다. 진짜 시험과 다른 점은 하나의 글로 인생이 결정되지 않는다는 것이다. 글쓰기라는 탑을 쌓고 있다. 쌓을수록 지난날부터 다가오는 내일까지 작은 등불을 하나씩 밝히며 나아가고 있다. 이 불이 꺼지지 않도록 쓰는 일상을 유지하려 한다.

> 나라는 사람의 색깔은 한 편의 글로 규정되지 않습니다. 오랜 시간 꾸준히 올린 글들을 통해 내 생각이 드러나고 내 삶의 문양이 더욱 뚜렷해지기를 희망합니다.
>
> 매일 아침 써봤니?_ 김민식

한 편의 글로 내가 규정되지 않는다는 말이 위안된다. 지금의 생각이 가장 확실하고 뚜렷하기에 기록한다. 생각들은 자유로운 영혼인 양 한곳에 머물지 않는다. 새로운 문장을 쓰기 위해 잡힐 듯 잡히지 않는 글감이란 녀석을 매일 찾아다닌다. 글쓰기라는 정답 없는 종착역을 향해 달려가고 있다. 어두운 밤길을 걸을 수도 있고 때론 초행길이라 많이 둘러갈수도 있다. 이리저리 둘러갈지라도 운전대만은 놓치지 않아야겠다.

3년 전만 해도 쓰는 일상을 상상할 수 없었다. 오늘 하루에 의미를 부여하지 않았다. 그냥 스쳐 지나는 시간이 아까웠다. 쌓아 놓은 글은 없어도 일상은 알아서 흘러간다. 글쓰기란 나를 사랑하는 또 다른 표현 방식이다. 아직도 쓸 때마다 부끄럽다는 생각은 가시지 않지만 나라는 존재도 알리고 싶다. 나의 가치는 내가 먼저 알아준다. 그러기 위해선 일단 뭐라도 끄적여야 했다. 쓰레기 같은 글을 내어놓더라도 써야 했다. 비빌 언덕이 되었다. 버젓이 남들 다 보라고 올려둔 글이지만 거들떠보지도 않는다면 이내 풀이 죽게 된다. 그 누구 한 명이라도 봐 주면 감사하다 여겼다. 봐 주지 않더라도 내가 나를 다독이는 시간을 가진다. 현재 내 생각들이 하나의 글로 나올 수 있다는 것만으로도 엄청난 일이다. 한 편의 글이 세상에 나오면 그야말로 감개무량하다. 그 어렵다는 글쓰기를 꾸역꾸역 해내고 있다. 횡설수설했던 글 하나에 공감한다는 댓글이라도 달리면 그동안 고민했던 마음이 눈 녹듯 사라진다. 한 편의 글이라는 작은 기적을 쌓아 가고 있다. 쓰는 일상이 되어 매일이 반짝인다.

<제4장>

내일이 기대되는
엄마의 다이어리

1.
꾸준한 운동 5분에서 시작하기

산책하는 걸 좋아한다. 배가 부른 느낌이 싫다. 숨도 겨우 쉴 정도로 많이 먹은 날엔 꼭 집 앞 공원이라도 걷는다. 걸으면서 소화시킨다. 어느덧 걷는 일상이 숨 쉬듯 다가왔다.

운동의 중요성은 언제 어디서나 늘 강조되는 부분이다. 당장 나에게 와닿지 않을 뿐이다. 아파 보았거나 체력이 바닥을 치는 경험이 있다면 운동만이 살길이라는 것을 몸소 실감하게 된다. 다이어트를 하는 방법은 누구나 알지만 실천하기 어렵다. 머리로는 해야 하는 걸 알지만 몸이 말을 안 듣는다. 당장 내 일이 아니라고만 부정한다. 의지가 약하다. 스트레스를 받게 되면 음식으로 푸는 경우가 허다했다. 세상엔 맛있는 음식이 널리고 널렸다. 오늘까지만 먹고 내일부터 다이어트라는 말을 나도 했었고 주변에서도 많이 듣는다.

지금 내가 매일 걸으려고 하는 이유는 꼭 살을 빼기 위해서만은 아니다. 마흔 이후의 운동은 선택이 아닌 필수다. 할까 말까가 아닌 반드시 해야 한다고 결론지었다. 몸도 물론이지만 정신 건강을 위해서다. 움직이고 있다는 자체가 살아 숨을 쉰다는 것을 의미한다. 몸을 움직이면 마음도 활력을 얻는다.

운동을 해야 한다고 백날 설명해도 내가 느끼지 못하면 아무 소용이 없다. 관심이 없으면 지금 말고 나중에가 자연스레 나온다. 지금 당장 움직이는 방법은 깍지를 끼고 손바닥을 하늘 높이 최대한 쭉쭉 올리는 것이다. 이것만 해도 어깨가 한결 시원해진다. 그 외 자주 하는 것은 서 있는 시간에는 수시로 발뒤꿈치를 들어 준다. 두 가지 다 5초 만에도 할 수 있는 틈새 운동이다. 아주 작은 움직임도 매일 하다 보면 움직이는 사람이라는 생각이 인식된다.

바깥 활동 중에 제일 만만한 게 걷는 게 아닐까 싶다. 운동화만 신으면 된다. 걷기도 처음부터 한 시간 걷겠어라고 작정하면 금세 지칠지도 모른다. 시작이 중요하다. 나서기만 하면 된다. 어떻게든 움직여 보려는 마음을 먹었다는 게 중요하다.

다른 사람들이 추천하는 운동 귀에 피가 나도록 들어도 나에게 와닿지 않으면 그만이다. 이걸 해 볼까 저걸 해 볼까 생각만 하는 것보다 직접 해 보는 건 천지 차이다. 그 고민은 일단 걸으면서 해도 늦지 않다. 헬스장을 다닌 적이 있다. 헬스장은 왠지 큰마음을 먹게 된다. 초반에는 잘 간다. 뒤로 갈수록 흐지부지해졌다. 결제한 비용은 제값을 하지 못했다. 성향 차이다. 결제하면 아까워서라도 끝까지 가는 경우도 있다.

내가 하는 운동은 비용이 들지 않는다. 아파트 18층에 살았을 때 퇴근 시 계단을 이용했다. 지금도 점심 먹으러 8층까지 계단으로 올라간다. 스쾃은 생각날 때마다 10개씩 많으면 50개로 점점 개수를 늘렸다. 플랭크 1분도 생각나면 금방 한다. 제자리에서 할 수 있는 동작을 몇 가지 숙지하여 생각날 때 움직인다. 매일 하지는 못해도 잊어버리지는 않는다. 늘 머릿속에는 운동이라는 단어가 있다. 한 번만 해야지라고 해도 진짜 딱 한 번만 하는 경우는 드물었다.

운동을 꾸준히 지속하는 데에는 인증만 한 게 없다. SNS에 만 보 인증을 하고 있다. 인증한 지 3년이 넘었다. 습관이 무섭다는 걸 느낀다. 한창 술을 마셨을 때가 있다. 한꺼번에 많이 마시기보다 자주 마셨다. 그때 운동을 했던 이유 중 하나가 건강한 음주 생활(?)을 위해서였다. 피처를 마셔도 걸었고 소주 한 병을 마셔도 걸었다. 습관적으로 걸었다. 그만큼 걷기라는 행동이 몸에 뱄었다. 그때는 글을 쓰지 않았기에 술을 마셔도 걸을 시간이 충분했다. 그래서 매일 인증을 할 수가 있었다. 이제는 걷지 않는 날은 있어도 술을 마시는 날은 없다. 만 보 인증 대신 독서를 하거나 글쓰기 수업을 들으며 한 줄이라도 더 써 내려간다.

걷기를 지속할 수 있었던 다른 이유는 챌린지를 통해서다. 혼자서 하는 걷기가 아닌 함께 하는 걷기다. 같이 가는 건 아니지만 인증을 통해 다른 사람들도 열심히 걷고 있구나 챌린지에 성공하면 주는 커피 쿠폰으로 작은 기쁨도 누렸다. 내 몸 내가 움직여 쌓아 올린 인증 물결은 운동을 지속하게 만든다. 눈이나 비가 와서 바깥 외출이 어려운 날에는 실내 자전거를 타기도 했다.

공원을 걷는 날은 소소하게 분주하다. 밖에서 해야 할 일이 있다. 집에서는 엄마도 맨날 핸드폰만 본다고 낙인될까 봐 아이들이 보지 않는 곳에서 유튜브를 들었다. 친구의 안부가 궁금할 때도 걸으면서 통화한다. 걷기와 인맥도 같이 챙긴다. 평소 좋아하는 음악은 걸으면서 반복으로 듣는다. 빠른 속도로 걷다 보면 뛰고 싶은 마음이 들 때가 있다. 걷고 뛰면서 스쳐 지나는 푸른 나무들이 싱그러워 나도 모르게 울컥할 때가 있다. 돈을 주어도 가질 수 없는 환경과 모든 게 감사하다는 생각이 절로 든다. 휴대전화를 꺼내 갑자기 지금 느낀 생각들을 메모장에 끄적일 때가 있다. 몸도 움직이고 마음도 움직인다. 무엇이든 내가 움직이는 활동에 의미를 두니 감동과 감사도 같이 따라온다.

'움직일수록 작은 성공이 일어난다' 나의 블로그 대문에 적힌 문구다. 매일의 작은 움직임을 믿는다. 우울할수록 무기력해질수록 더 움직여야 한다. 기분이 안 좋은 상태로 가만히 있으면 주저앉게 된다. 아무것도 하기 싫어진다. 몸도 마음도 쉬어야 할 때가 있다. 적당한 쉼은 안정을 준다. 일주일 한 번 이상은 집 앞 산책하러 나가야 한다. 우울한 마음을 붙잡고 있으면 지하 바닥으로 내려가는 지름길이 될 수 있다.

운동을 할 수밖에 없는 새로운 이유가 생겼다. 이제는 음주보다 글을 쓰기 위해 마시는 커피와 간식이다. 일주일 내로 복근을 만들겠다는 게 아니다. 맛있게 먹고 즐겁게 활동하기 위해서다. 이제는 운동하겠다는 마음은 그만 먹어도 될 것 같다. 시간이 없다는 건 핑계다. 당장 기지개를 켜는 것부터 시작이다. 5분은 숨만 쉬어도 그냥 지나간다. 스쿼트를 하여 허벅지 근육이 중심을 잡아 주고 매일 걷는 습관으로 단단한 루틴을 이어 간다. 운동 후 샤워는 역시나 하길 잘했다는 결론을 내려 준다. 운동은 해야겠고 마음이 찜찜하다면 애써 모른 척하지 말고 일단 움직여 보자. 시작은 억지일지 몰라도 오늘도 '했다'라는 두 글자가 내일 또 나를 일으켜 세워 줄 것이다. 단 5분의 힘은 생각보다 크다.

　걷는 것이 최고의 약이다.

_히포크라테스

2.
10년 동안 매일같이 마신 술

〈미운 우리 새끼〉 프로그램을 보았다. 배우 이동건이 아침부터 술병들을 정리하기 시작한다. 10년 동안 매일같이 마신 술을 버리고 있다(그 아까운 걸). 이 모습만 보면 굳은 결심이 화면 밖으로까지 전해진다. 맥주를 만들고 있다. 도라지차, 보리차, 탄산수를 섞는다. 진짜 맥주 맛이 날까 하는 의심이 들었지만 눈을 뗄 수가 없다. 색은 그럴듯하다. 차라리 무알코올 맥주를 마시지. 괜한 일을 한다고 생각했다. 나도 무알코올 맥주를 마셔 보았지만 처음에만 그럴듯했지 이내 그 느낌이 아님을 알 수 있었다. 이럴 거면 왜 마셔라는 핀잔이 절로 나온다. 이렇게까지 해서라도 마셔야 하나 싶은 생각이 들었다. 앙꼬 없는 팥빵이랄까, 기운이 빠졌다.

'그래. 술 없이도 즐거울 수 있어.'라는 자막이 나온다. 이건 혼자만의 다짐이다. '즐겁다'라는 말로 스스로 세뇌를 시켜야만 하는 구간이다. 처음엔 결코 즐거울 수 없다. 그 마음 누구보다 잘 알기에 같이 응원하는 마음으로 계속 지켜보게 되었다. 나름 금주 선배로서 처음이 가장 견디기 힘들다. 일주일이 고비다. 생각을 안 하려고 할수록 더 생각이 난다. 그저 하루하루 버티는 수밖에 없다. 그 시간을 공허하게 보낸다면 술 생각은 더욱 간절해진다.

절주하려는 의지가 이제 겨우 30시간 된 사람이 술자리에 가다니 그것도 술을 좋아하는 절친들에게 가고 있다. 미끼가 강하다. 제 발로 호랑이굴에 들어가는 상황이 되었다. 그런 뜻은 아닐 테지만 테스트가 너무 빠르다. 실내 스튜디오에서 이 모든 상황을 지켜보고 있는 엄마들과 안방에서 보는 나조차도 설마 하는 마음으로 바라보았다. 아니나 다를까 친구들은 연신 맥주와 소주를 연거푸 들이켰다. 늘 마시던 소주와 맥주는 잘 버텼지만, 절친은 비장의 카드를 꺼내고 만다. 평소 보기 드문 귀한 인삼주 등장에 눈이 커지더니 결국 무너지는 모습을 보이고 말았다. 여기저기 탄식하는 소리가 들린다. 모두의 머리 위로 화산 폭발이 일어나고 있다. 그 속을 아는지 모르는지 당사자는 인삼주의 맛을 음미하고 감탄하며 연이어 술잔을 기울이고 있었다.

마음먹는 대로 바로 절주나 금주를 할 수 있다면 얼마나 좋을까. 그렇게만 된다면 알코올중독까지 이어지는 경우는 없을 것이다. 말 그대로 중독이다. 매일의 굳은 결심이 허상으로 돌아가기 일쑤다. 금주하겠다고 마음먹는 사람은 조절이 안 돼서 다짐한다. 금주 선언을 하더라도 몇 번의 시행착오를 겪게 되는 경우도 허다하다. 나도 금주를 하기까지 먹은 마음만 해도 수백 수천 번이다. 많이도 둘러 왔다. 날마다 돌아오는 저녁 밥상은 늘 술을 부르는 안주상이 되었다. 나에게만 보이는 술상이었고 술꾼의 눈에는 다 안주로 보였다. 퇴근 후 먹는 한 잔의 술은 단비 같이 내 마음을 진정시켰다.

설 연휴 전날 10년 동안 알고 지낸 동네 지인들을 만났다. 이제는 모임에서도 잘 버틴다. 버틴다는 말이 무색할 정도로 괴롭지는 않다. 이제 그러려니 한다.

나는 지금 술을 먹지 않아도 즐거운가? 스스로에게 물어본다. 아직도 완전 미련을 버리진 못했다. 금주한다고 해서 바로 새로운 모습으로 사는 극적인 변화는 없다. 막 즐겁지도 않다. 단지 다른 즐거움을 찾고자 하는 마음이 더 크다. 이제는 내가 술을 먹고 싶은지, 안 먹고 싶은지에 대한 질문은 할 수 있지만 크게 중요하지가 않다. 먹고 싶다 한들 안 마실 거 아니까. 마음속으로 정한 그날이 있다.

이 글을 적을 당시 금주한 지 129일 차였다. 그렇다. 쓸데없는 걸 세 알리고 있다. 나를 위한 의미 부여다. 다른 사람의 시선을 신경 썼다. 매번 혼자서 하는 다짐은 손만 대면 와르르 무너지는 모래성 같았다. 인증할까 말까 망설였던 시간에도 한 번의 쾌락을 놓지 못했다. 술을 많이 마시는 것만이 중독이 아니다. 조금이라도 매일 마시는 게 더 위험하다. 매일 생각났다. 딱 내 주량만큼 마시니 숙취는 없었다. 그런 날이 당연한 일상이 되다 보니 술 없이는 못 살겠다는 생각에 덜컥 겁이 났다. 다음 날 일어나면 전날 마셨다는 자체에 실망하기를 반복했다. 결심해야만 했다. 이대로 가다가는 스스로 책임지지 못할 일이 일어날 것만 같았다.

눈에 보이는 매일의 인증으로 하루하루를 지켜 내고 있다. 인증 안에 나와 가족을 지켜야 하는 의무와 의미가 담겨 있다. 이제는 금주인증을 하는 것조차 무색하지만 술을 마시지 않던 날보다 마셨던 지난날들이 더 길었기에 한순간도 방심해서는 안 된다.

23년 2월에 50일 정도 금주를 한 적이 있다. 그때는 단지 금주 만이 목표였다. 술 외엔 다른 이유가 없었다. 허술한 목표가 한 번 무너지더니 다시 고삐 풀린 망아지처럼 거의 매일같이 술을 마셨다. 이제는 조금 다른 의미로 금주를 하고 있다. 어설프게 다시 마시기엔 애써 지켜온 시간들이 단번에 물거품이 될 것만 같다. 그렇다고 평생 금주를 하겠다고 선언하지는 못한다. 미래에 더 의미 있게 마시기 위해 기다리고 있다. 시도 때도 없이 생각나 마시는 지난 과거로는 돌아가지 않으려 한다. 가끔 마시는 술은 즐겨도 될 텐데라는 생각도 해 본다. 아직까진 확실한 목표가 있어 잘 견뎌 내는 중이다. 예전에는 한 편의 글을 쓰고 난 뒤에 마시는 술이 그렇게 시원할 수가 없었다. 술을 마시기 위해 글을 쓰기도 했었다. 이제는 글을 쓸 때 술 생각은 나지 않는다. 오로지 글에만 집중한다. 글쓰기에 집중해도 모자란 시간이다.

다른 사람의 시선은 중요하지 않다. 내가 마시고 싶으면 마셨다. 이제는 술 따위라 쓰고 신경 쓸 겨를도 없다. 다시 술을 마시게 되더라도 지금처럼 흔들리지 않는 확고한 내가 될 수 있기를 바란다. 글을 쓰고 있기에 시작할 수 있었다. 글쓰기로 10년 동안 매일같이 마셨던 술을 끊어내었다. 나조차도 의아하지만 놀라운 경험이다. 지키고 싶다. 한 번을 먹더라도 의미 있게 마시고 싶다. 내가 나를 인정하는 그날이 오기를 기다리고 있다. 나를 믿을 수 있는 마음. 나에 대한 확신이 먼저다. 아직은 아니다.

3.
원하는 일로 하루 시작하기

열흘 전 남편이 장을 보면서 카트에 치즈케이크를 담은 사진을 보냈다. 사지 말라고 톡을 보냈을 땐 이미 결제 후였다. 속으로는 웃고 있었다. 나도 아이들도 치즈케이크를 좋아하지만 있으면 자꾸 손이 가기에 막아 볼 생각이었다. 가끔 먹으니 괜찮다는 신호는 이내 받아들인다. 먹는 순간 그 자리에 행복이 녹아드니까.

집에 과일이 많으면 부자가 된 것만 같다. 이런 날이 흔치 않은데 마침 종류별로 있다. 시어머니와 언니까지 과일을 주었다. 참외, 바나나, 오렌지, 키위, 사과, 토마토 어제 쿠팡에서 주문한 냉동 블루베리까지, 과일이 풍년이다. 하나도 없을 때도 있지만 개의치 않았다. 없을 땐 모르지만 있으니 든든하다.

아침마다 블루베리와 요거트를 챙겨 먹는 형부가 최근에 안구건조증이 많이 좋아졌다는 말을 듣고 바로 주문하게 되었다. 요즘 핸드폰으로 글을 많이 본다. 깨알같이 적힌 글들을 노려보려니 눈알이 고생이 많다. 약보다는 과일을 선택해 본다. 살아 있는 음식을 먹으라는 말을 들은 게 솔깃하기도 했다. 요리 실력은 부족하지만 과일은 잘 깎을 수 있다. 당장 내가 할 수 있는 걸 하기로 한다. 평소 아침을 거르는 일이 잦다. 완전 빈속으로 나가는 것보다 과일을 먹으면 부담스럽지도 않고 산뜻한 하루를 시작할 수 있다. 책에서도 아침에 과일이 좋다고 한다. 작은 움직임으로 가족들의 건강도 지킨다. 무엇보다 내가 나를 챙겨 준다는 느낌이 좋다. 나를 소중히 여기는 마음이 곧 우리 가족을 위한 거였다. 내 마음이 편안해야 가족들도 보인다. 나를 먼저 챙긴다.

초6 둘째는 아침에 신 과일은 먹기 싫다고 한다. 크게 어렵지 않은 일은 접수한다. 바나나와 사과, 달걀은 잘 먹는다. 이렇게 작은 취향도 알아 간다. 누가 나를 챙겨 주는 마음이 감사한데 아이들은 당연한 줄로 알려나. 강한 생색이 아닌 엄마는 이렇게 먹으니 좋더라, 내가 먼저 행복한 모습을 보여 주어야겠다. 나를 사랑하는 방법 꽤 간단하다. 아침엔 과일로 나를 챙기는 하루를 시작해 본다. 여기에 마음을 움직이는 문장 한 줄 곁들이면 더할 나위 없다.

행복을 매일 느낄 수는 없지만,
한 번의 행복이
내 삶을 의미 있게 해 줘요.

행복을 찾는 방법은

자신에게 그 행복한 한번이 무엇인지를

찾아가는 과정이에요.

『곰돌이 푸, 행복한 일은 매일 있어』 중에서

일주일 중 가장 기다려지는 목요일 휴무 날이다. 이날 만큼은 오로지 내가 원하는 일로 꽉 채우는 하루를 그려 본다. 출근하는 날보다 더 일찍 집을 나선다. 초 6 둘째 등교 시간에 맞춰 같이 나왔다. 학교 앞까지 바래다주고 싶지만 근처만 가도 뾰족한 눈으로 흘겨볼 게 뻔하다. 이제 그 정도는 아니까 중간지점이면 알아서 헤어진다.

매일 와도 지겹지 않은 힐링 장소가 있다. 우리 동네 두류공원이다. 도심 속 해발 139m인 금봉산과 푸른 나무로 둘러싼 산책길이 있다. 어제도 왔지만 오늘 또 걷고 싶은 곳이다. 전날은 둘째 언니와 남편, 큰아이와 함께 걸었다. 공휴일이기도 해서 사람들도 꽤 북적였었다. 평일 아침에 오면 전부 나만을 위한 길이 된다. 울창하게 펼쳐진 푸른 나뭇잎이 터널길처럼 하늘을 뒤덮는다. 뜨거운 햇살도 막아 주는 나무 그늘이 내가 걷고 달리는 공간이다. 파란 하늘을 지나 초록 물결이 이어지는 이곳은 나를 이 세상의 주인공으로 만들어 주는 것 같다. 돈으로 살 수 없는 아름다운 선물이라는 걸 알아차리는 순간 눈을 뗄 수가 없었다. 빨리 벗어나기 싫어서 특히나 이 구간은 왕복으로 달리기도 한다.

지난번에는 자유 러닝으로 뛰었다. 목표가 없어서 그랬는지 뛰다가 중도 포기하고 산으로 올라갔다. 오늘은 다시 큰마음을 먹고 뛰기로 했다. 5킬로미터를 설정할 때만 해도 별생각이 없었다. 그새 힘들었던 과거는 잊고 좋았던 기억만으로 러닝 앱을 눌러 버렸다. 일단 정하고 난 뒤에 후회한다. 웬일인지 숨은 가빴지만 몸은 전보다 가벼웠다. 매번 다르다. 뛰면서도 잠시 멈추게 된다. 계절마다 변하는 장면을 놓칠 수 없기 때문이다.

뛰고 나면 이보다 좋은 경험이 없는데 하기 전에는 그렇게 뜸을 들이게 된다. 운동과 글쓰기의 매력이 넘치는데 그 진가는 내가 알아봐 줘야 한다. 옆에서 백날 좋다고 해도 내가 느끼지 못하면 헛방이다. 힘들지만 하고 나면 뿌듯한 일을 하루하루 해낸다.

도서관에 들러서 세 권의 책을 빌렸다. 편의점에 8개 3,000원 하는 바나나를 보고 그냥 지나칠 수가 없었다. 10리터 종량제 봉투를 사서 책과 바나나를 넣었다. 오는 길에 예전에 가장 좋아했던 큐브라테도 쿠폰으로 바꿨다. 나갈 때는 맨몸이었다가 오는 길에 양손이 무겁지만 모든 것이 나를 위한 일이라 생각하니 든든했다.

집에 들어오니 마음 한구석이 분주하다. 샤워하고 나가기 전 돌려 놓은 빨래를 널었다. 지난주랑 똑같은 루틴이지만 한 가지 추가된 게 있다. 마스크팩도 붙였다. 매일 잊어버린다. 나를 챙겨 주는 일도 부지런

해야 한다.

　신선한 양상추 위에 블루베리와 사과, 오렌지, 바나나를 올리고 요거트를 뿌려 주었다. 다이어트를 위해 준비한 식단은 아니다. 맛있게 먹기 위해 소스도 뿌렸다. 음식 만드는 시간도 절약되고 냉장고에 있던 재료도 소진하니 일석이조다. 달짝지근한 커피 한 모금에 타닥타닥 키보드 두드리는 소리가 흥겹다. 아이가 하교할 때까지 이 자리를 벗어나지 않을 거다. 1분 1초가 아까운 시간. 지금 나는 세상에서 가장 행복한 사람이 되었다. 오로지 내가 원하는 일로 하루를 시작하고 채워 나간다.

4.
보류도 선택이니까요

건강한 습관을 유지하기 위해서는 좋은 음식을 먹는 것도 중요하지만 나쁜 음식을 먹지 않아야 한다. 아무리 좋은 음식을 챙겨 먹더라도 나쁜 음식을 꾸준히 섭취한다면 그보다 해로운 건 없다. 좋다는 영양제를 매일 먹는다고 하더라도 매일같이 술을 마신다면 이로울 게 없다.

현재 금주 중이다. 작년만 하더라도 술 마시는 기간이 길어질수록 행복이 연장되었다. 유지하고 싶었다. 행복이라고 믿고 싶었다. 단단한 착각이었다. 일시적인 행복은 휘발성이 강하다. 일회성 행복이 쌓여 갈수록 미래도 사라지는 기분이었다. 브런치 작가가 되고 본격적으로 글쓰기를 시작한 지 1년 6개월이 되었다. 믿기지 않겠지만 글을 쓰기 위해서 금주를 택했다. 하고 싶은 일이 무엇인지 해야 할 일이 정해질수록 목표가 선명하게 다가왔다. 글을 쓰려고 하니 시간이 필요했다. 몸에 좋지도 않은 술을 들이붓는 시간이 아깝게 느껴졌다. 그때부터였을까. 단 하나만 생각하고 있다. 쓰다 보니 계속 욕심이 난다. 한 편 쓰면 두 편이 쓰고 싶어지고 두 편을 쓰니 차곡차곡 나만의 성을 쌓고 싶어졌다.

글쓰기를 이어 가다 보니 더 잘해 보고 싶었다. 글을 잘 쓰고 싶은 마음은 물론이지만 잘 쓰기 위해서는 잘 살아야 했다. 글쓰기 실력도 중요하지만 어떻게 살고 있는지가 먼저였다. 내가 한 행동과 일상을 적어야 하는데 매일 술을 마셨다고 적을 수는 없었다. 사실만을 적어야 했다. 굳이 술을 마신 걸 적을 이유는 없지만 마음이 편하지 않았다.

글을 쓰려면 나쁜 습관을 없애야 했다. 그중 하나가 음주다. 걸림돌이다. 쓰기 전에는 술을 마시는 일상이 너무나 당연했다. 나를 위한 시간인 줄 알았다.

다른 누군가에 의해서 금주를 강행했다면 그 사람을 원망했을지도 모른다. 내 행복을 가로막았다고 말이다. 남편에게 알코올중독자라는 말을 간혹 이라고 적고 싶지만 자주 들었다. 말렸지만 막을 수 없었다. 술을 끊어야 할 이유는 충분했지만 당장은 아니었다.

이거 하나만은 고쳐 봐야겠다는 나쁜 습관 하나쯤은 있을 것이다. 청개구리 근성이 있다. 누군가 하지 말라 하면 더 하고 싶고, 하라고 하면 더 하기 싫다. 무엇이든 본인 의지로 시작해야 그 마음을 오래도록 유지할 수 있다. 처음부터 욕심내지 않는다. 단 하나라도 시도해 보고 내 것으로 만드는 게 우선이다.

무슨 일이든 평생 하겠다는 선언은 함부로 하지 못한다. 사람 일은 한 치 앞도 내다볼 수 없다. 어떻게 될지 아무도 모르기 때문이다. 현재 내 마음이 중요하다. 지금 하고자 하는 마음 하나면 된다. 단 하나만을 붙잡는다. 결심보다 중요한 건 지금 내가 무엇을 하고 있는지가 먼저다.

현재 커피 믹스를 마시지 않은 지는 7개월이 되었고 술을 입에 대지 않은 지는 1년이 다 되어 간다. 원래 마시지 않는 사람들이 보기에는 대수롭지 않을 수 있다. 평생 마시지 않을 거라는 장담은 하지 못하지만 기준은 있다. 혼자 속으로 간직하던 꿈이 있다. 출간이다. 내 이름이 새겨진 책 한 권 나오는 것이 목표다. 출간 당일 살얼음 가득 담긴 생맥 한 잔 목구멍 찢어질 만큼 벌컥 들이마실 예정이다. 목표가 있기에 움직인다. 내 책이 나온다고 확신을 해도 시원찮을 판국에 의문은 쓰면서도 가시지 않는다. 시간은 길어질지언정 현재 초고를 적고 있다는 건 사실이기에 그냥 이대로 묵묵히 밀고 나간다. 나중에 무엇을 하겠다고 선언하는 것보다 오늘 무얼 했으며 지금 하고 있다는 행동이 중요하다.

나에게 실망할 때가 많았다. 속도가 나지 않았다. 겨우 한 발자국 걸으면 옆에선 두세 발 앞서 나가는 것만 같다. 책 읽는 속도도 느리고 이해도 느리다. 느리기에 한 번 더 곱씹게 된다. 천천히 나만의 속도로 나아가는 수밖에 없다. 느리지만 내가 정한 목표 안에서는 할 일을 해 나간다.

글쓰기와 출간이라는 목표를 두고 커피 믹스와 금주가 무슨 상관이 있냐고 할 수도 있다. 그 누구도 아닌 내가 정한 목표다. 언제까지 금주

할 거냐고 주위에서 묻는다. 마음속의 그날이 있다. 현재는 음주보다 글을 선택했다. 지금 당장 해야 할 일을 위해서 급하지 않은 일은 보류 중이다.

하루에도 몇 번이고 습관처럼 마시던 커피 믹스를 볼 때마다 상기시킨다. 이것 말고도 아메리카노와 라테가 있기에 가능했다. 대체할 것을 찾는다. 누군가에 등 떠밀려서 하는 것이 아닌 내가 한 선택을 믿는다. 지금 당장 해야 할 것이 있고 미래로 미루어도 상관없는 일이 있다. 해가 되는 일은 영원히 미뤄도 된다. 글을 쓰는 현재만큼은 흔들리지 않는다. 얼른 끝내고 싶다. 초고를 쓰면서 시작한 커피 믹스와 술을 끊는 목표의 뿌리는 깊었다. 하루하루 나아갈수록 심지가 굳어진다. 이제는 자연스러운 일상이 되었다. 나쁜 습관은 없애되 걷기와 독서, 쓰기는 놓치지 않으려 한다. 오직 내가 한 선택만을 밀고 나간다. 글쓰기도 체력이 있어야 한다. 매일 걷고 쓰는 일상을 만들어 나간다.

일곱 시에 퇴근해서 집에 왔다. 저녁 먹고 걷는다. 씻고 옷 갈아입은 후 거실에 있는 6인용 테이블에 앉았다. 소주 한 잔 생각이 간절했다. 오늘같이 쉴 새 없이 바빴던 날, 김치찌개에 소주 한잔하면 얼마나 행복할까! 노트북을 펼치고 키보드에 손을 얹는다. 오늘은 금주에 관한 한 꼭지를 써야 한다. A4용지 절반쯤 채우다 보니, 어느새 술 생각이 사그라든다. 그래. 출간하는 날까지만 참자. 그날이 오면, 생맥주를 마신다는 선언을 꼭 지켜야지. 이루고 싶은 꿈을 향해 나아가는 동안 방해가 되는 무언가를 참아 내는 과정이 큰 공부가 된다. 할 수 있다는 사실을 증명해 내고 싶다.

보류도 선택이다. 진짜 하고 싶은 무언가를 위해 하지 말아야 할 것들을 미룬다. 지금 아니어도 나중에 할 수 있으니까. 내가 한 선택을 믿고 밀어붙인다. 커피 믹스든 음주든 안 해도 손해될 게 없는 것들은 영원히 미뤄도 괜찮다. 그사이에 내가 진짜 원하는 걸 하고 있으니까.

5.
걷고 달리는 엄마의 시간

    왕초보 러너다. 러너라는 이름을 붙이기도 부끄럽지만 어쨌든 뛰고 있다는 건 사실이니까. 근근이 달리기를 이어 가는 중이다. 한해의 마지막인 지난달은 거의 뛰지 못했다. 매일 뛰지는 못해도 걷기와 실내 자전거는 꾸준히 하고 있었다.

    러닝크루 앱을 열고 3킬로미터를 설정했다. 천천히 뛰기 시작했다. 오늘은 다른 날보다 더 뿌듯해서 글로 남기고 싶었다. 달리다가 시간이 꽤 지난 것 같아 시계를 보니 십 분도 채 되지 않는 걸 확인했다. 순간 몸이 더 무거워졌다. 이게 아니잖아. 지금 왔던 길을 똑같이 더 가야 한다니 숨이 차지만 다리는 생각과 다르게 바쁘게 움직이고 있었다. 패딩 속의 열기와 찐득함이 부스터 역할을 해 준다. 추위 따위 눌러 주겠다며 뛰는 순간만큼은 패기가 넘쳤다.

    오늘 달리기가 더 흡족했던 이유는 바로 오르막 때문이었다. 뛰는 자체도 힘든데 더 힘들고 싶지는 않았다. 그래서 평소 오르막 쪽으로 가지 않고 평지만 뛰었다. 더는 같은 곳을 돌기 싫었다. 제자리만 맴도는 것 같았다. 저 오르막만 지나면 내리막이 있고 더 넓은 운동장이 나오기 때문이다. 오늘은 운동장을 도착지로 정했다. 운동장 입구로 들어서는 순간 꼭 마라톤 결승선을 향해 달리는 것 같았다. 내가 목표한 장소 내가 정한 목적지에 도착했다.

나에겐 다른 꿈의 장소가 있다. 달리기에는 도착지가 있다. 내 꿈의 목적지도 분명 있을 터. 지금 눈에 보이지 않지만 상상한다. 그곳을 향해 걷고 달리며 글을 쓴다. 조금 멀게 느껴질지언정 쓰고 달리기를 반복하다 보면 지금 내가 목표한 장소에 도착한 것처럼 또 다른 꿈에도 조금씩 다가갈 거라 믿는다. 지금 뛸 수 있으니까. 지금 쓰고 있으니까 꿈꿀 수 있다.

개인이 좋아하는 운동이나 취미, 특히 글쓰기를 해 보면 좋은 거 아니까 누군가에게 같이 하자고 권할 수는 있다. 다 같은 마음일 수는 없다. 해야 하는 이유보다 하지 못할 이유도 넘친다. 지금 당장 해야 하는 생각조차 들지 않는다. 연신 나중에를 외친다.

달릴 때는 숨이 턱까지 차며 다리도 몸도 내 뜻대로 움직이지 않는다. 힘들지 않고 거저 이루어지는 게 있을까. 앞으로도 기회가 되면 달릴 것이고 시간을 내서라도 뛰어야겠다. 비록 높은 기록은 아니지만 계속 이어 가고 싶은 이유는 나만 아는 뿌듯함이 있기 때문이다. 그걸 알아봐 주는 내가 있기에 다시 뛸 수 있게 된다.

월요일부터 남편이 야근이다. 저녁 담당이 늦다고 하면 괜히 움찔하게 된다. 이내 무얼 해 먹나. 나는 밥과 김치만 있어도 되지만 한창 맛있는 거 먹고픈 성장기인 초6과 사춘기인 중2 두 딸과 같이 먹어야 한다. 계획은 되어 있었다. 미리 늦을 거라는 언질을 주었기에 저녁거리를 사두었다. 퇴근 후에 생각났다.

큰아이가 식빵을 굽는다. 달걀도 스크램블로 준비한다. 슬라이스 햄은 굳이 안 구워도 되는데 굽는다. 나 대신 해 주어서 기특하다. 그사이나는 양상추를 씻고 방울토마토를 썰고 닭가슴살을 찢어 놓는다. 소스라도 있어야 군말 없이 맛있게 먹어준다. 허전한 감이 있지만, 토스트두 개를 먹으니 어느새 배가 불렀다. 그제야 하나만 먹을 걸 해 봐야 소용없다.

아이들이 크니 좋은 점이 있다. 둘만 집에 두어도 된다는 것이다. 공식적인(?) 엄마의 시간이 주어진다. 이 시간을 허투루 보내고 싶지 않다. 한때는 샐러드마저도 안주 삼아 맥주를 마시고 남았을 시간이었다. 이제는 걷는다. 불과 2년 전만 해도 그렇게 따라나서던 아이들은 어느새같이 나가자고 사정해도 쳐다도 안 본다. 너희만 좋으냐, 사실 내가 더좋다. 거기다 오늘은 걷기 동무인 남편도 없다. 입꼬리야, 나대지 말고진정하자.

얼마 만에 혼자 나온 밤 산책인지 발걸음이 가볍다. 집 앞보다는 10차선 도로를 건너 더 넓은 공원으로 나갔다. 걷기만은 아쉬웠다. 달리기 좋은 날이다. 이제 설정만 했다 하면 5킬로미터다. 해 본 경험이 무섭다고 3킬로미터로는 성에 안 찬다.

오랜만에 뛴 거치고는 시작이 좋다. 기록 욕심부리지 않고 천천히 달렸다. 공원 한 바퀴를 크게 도니 3킬로미터가 지났다. 달리기 동호회 사람들도 있었다. 걷고 있는 사람들 사이에 여자 한 명과 빨간 민소매를 입은 건장한 남자가 앞에서 뛰고 있었다. 남자는 누가 봐도 달리기 마니아처럼 보인다. 성난 어깨와 다리 근육이 남달랐다. 나만 아는 강한 동지애를 느끼며 뒤를 이었다. 여자는 가볍게 제쳤다. 빨간 민소매 남성을 주시했다. 가까이 가기엔 거리도 있었고 은근히 오르막이다. 점점 뒤처지고 있었다. 무리하지 않고 페이스를 유지했다. 넓은 평지길이 나오는데 왠지 따라잡을 수 있을 것만 같았다. 남자의 속도가 잠시 주춤할 무렵 조용하고 은밀하게 뒤를 바짝 쫓았다. 숨이 차지만 앞서 나가고 싶었다. 빨간 민소매 남자를 스쳐 지나갈 무렵 팔이 서늘해지면서 소름이 돋았다. 온몸으로 희열을 느꼈다. 내 체력도 꽤 괜찮은 것 같았다. 마침 내리막길이기도 하고 속도는 줄이지 않았다. 다시 평지로 돌아왔을 때 빨간 민소매 남자는 나를 의식했는지(?) 어느새 추월하고 있었다. 다시 따라붙기엔 이제 얼씬도 하지 말라는 뜻인지 저 멀리 앞서 나갔다. 좋은 승부였다. 다음에도 기회가 된다면 함께 뛰어 보기를 혼자 다짐했다. 오늘은 여기까지라며 남은 1킬로미터에 집중했다.

매번 오르막을 피하려고 평지만을 달렸다. 공원 전체를 뛴 것은 이번이 처음이었다. 새로운 경험이었다. 마무리는 운동장으로 들어갔다. 아직도 숨 쉬는 방법이 서투르다. 완주한 뒤에는 잠시 현기증이 나기도 했다. 의자에 누웠더니 땀이 눈 안으로 들어와 따가웠다. 벅찬 마음으로 운동장을 걸었다. 마무리는 런지 자세(앞다리는 기억 뒷다리는 니은 모양이 나온다)로 한 발씩 내디뎠다.

몸을 움직이는 시간이 좋다. 살아 숨 쉰다. 이곳에서 걷고 달리며 근력 운동까지 하니 헬스장 부럽지 않았다. 혼자 나왔지만 외롭지 않다. 나만 아는 경쟁도 하며 의지도 되었다. 걷고 달리는 엄마의 시간이 충족되니 이런 상황을 만들어 준 남편과 아이들에게도 고마웠다. 가족들과 함께하는 시간이 소중한 만큼 엄마도 혼자 있는 시간이 소중하다. 건강한 에너지를 받았다. 충전된 마음으로 내일도 힘내서 살아간다.

6.
술과 글쓰기의 공통점을 찾았다

금주한 지 222일이 되었다. 과거 한때 술 없이는 못 살았다. 지금은 글 없으면 못 산다고 적고 싶다. 두 가지 경우 다 흠뻑 빠져 본 경험이 있다. 술독에 빠져 보았기에 더 독한 마음을 먹어야 했다. 몰랐다면 아직도 술잔을 들고 있을지도 모르겠다. 헤어 나오기 힘들었던 이유를 쓰다 보니 알게 되었다. 술과 글쓰기의 공통점을 찾았다.

첫째, 시간이 잘 간다. 일곱 시 퇴근하고 집으로 오는 길 자연스럽게 마트에 들르는 시간이 기다려졌다. 저녁 메뉴가 무엇이냐에 따라 주종이 달라진다. 직장에서 오후 내도록 서 있어 다리도 아프다. 하루의 피로를 술로 달래며 멍하니 TV를 보았다. 그 시간만큼은 아무 생각이 나지 않는다. 나만을 위한 보상이라 생각했다. 술을 마시면 시간 가는 줄 모른다. 한 잔이 두 잔 되고 두 잔이 세 잔이 된다. 술이 술을 부르는 지경에 이른다. 급하게 마시지도 않는다. 소주 한 병이면 두 시간도 거뜬하다.

글쓰기 창을 뚫어지게 본다. 무엇을 쓸지 골똘히 생각한다. 단어 하나 문장 하나 적기 위해 공을 들인다. 얼마 안 된 것 같은데 나도 모르는 사이 30분, 한 시간은 그냥 지나간다. 한편의 글이 완성될 때까지 수시로 들여다보는 날은 하루가 훌쩍 지나 버린다.

둘째, 내 이야기가 하고 싶어진다. 술친구는 잘 들어 준다. 같은 또래의 아이를 키우며 마음 맞는 친구가 있다. k는 공감을 잘해 준다. k와 함께 술을 마시면 시간 가는 줄 모른다. 내 이야기를 술술 하게 된다. 술이 취하면 했던 얘기 또 하게 된다. 상대방도 같이 취하면 모른다. 마냥 하하 호호다. 이야기를 나누다 보면 어느새 자정이 가까워진다. 내가 글을 쓰기 시작하면서 금주를 다짐하고 우리는 술자리로 만나는 일은 없었다. 맨정신에 할 수 있는 이야기가 진짜다. 내가 한 말을 기억해야 한다.

글을 쓰면 당장은 들어 주는 이가 없더라도 일단 쏟아 낸다. 쓰지 않아서 보는 이가 없지 써 내기만 하면 단 몇 명이라도 읽게 된다. 평소 하고 싶었던 이야기를 꺼내면 생판 모르는 사람도 공감해 준다. 내 글이 어딘가를 떠돌며 조금이라도 도움이 되는 이에게 와닿는다. 어떤 글을 쓰냐에 따라 들어 주는 이도 다르다. 시어머니와 관련된 글, 사춘기 자녀를 키우는 이야기, 글쓰기에 대한 고민을 쓰더라도 듣는 독자에 따라 반응도 달라진다.

셋째, 혼자 있는 시간이 좋다. 사색을 즐긴다. 굳이 누군가와 약속을 잡지 않아도 된다. 혼술의 매력에 빠져 허우적거렸다. 나만의 시간, 나만의 속도로 방해받지 않는다. 오늘도 내일도 계속 생각났다. 이제는 술에 취하는 시간을 기다리지 않는다. 글도 혼자 써야 한다. 조용히 생각하고 파고들어야 한다. 술 대신 글에 취한다. 나와 친해지는 시간을 달리하였다. 술에 취하면 오늘로 사라지지만 글에 취하면 한 편의 글로 남아 나에게 선물이 되어 준다.

마지막으로 가장 큰 공통점은 쾌락이다. 빠른 즐거움을 원했다. 술은 마시기 전부터 들뜬다. 어떤 안주에 어울리는 술을 마실지부터가 행복한 고민이다. 첫 잔의 느낌이 좋았다. 술을 마시기 전 단계와 바로 후의 즐거움이 다지만 그 이후로는 이왕 마셨으니 뚜껑을 딴 김에 마시게 되는 거였다. 그게 진짜 행복인 줄 알았다. 지금을 만끽한다고 생각했다. 첫 잔을 따를 때 공공거리는 소리가 청아하다. 알코올만큼 중독성 있다. 매일 즐거우려면 매일 마셔야 했다. 술을 마시며 느끼는 행복은 오래가지 못했다. 그때뿐이었다.

글을 쓸 때 머리를 싸매게 된다. 쓰는 순간은 고통스럽다. 그럼에도 불구하고 술을 포기하고 글을 택했다. 휘발성으로 사라지는 쾌락이 아닌 느리지만 내면이 단단해지기를 바랐다. 아무리 앉아 있어도 무엇을 쓸지 생각나지 않을 때가 있다. 당장은 힘들지만 글은 쌓인다. 나의 이야기를 풀어내고 몰입하는 순간 재미와 보람을 느낀다. 반짝이는 기쁨이 아닌 은은한 만족감으로 남는다. 술병 아닌 글을 쌓아 간다. 지나 보니 술로 보낸 허송세월이 아깝게 느껴진다. 술 마시는 시간에 글을 쓴다. 무엇을 먹을지 안주 고민할 시간에 무엇을 쓸 것인지에 대한 글감을 생각한다. 나에 대해 고민하고 무엇을 할 때 행복한지 알아 간다. 오늘보다 내일 더 성장하는 과정이다.

마실 때만 좋았지 다음 날이면 반드시 후회했다. 아침에 눈을 뜨면 전날 술을 마셨는지 안 마셨는지부터 확인했다. 아침이 되면 어제 무슨 일이 있었는지 상관없이 하루가 시작된다. 뭐든 적당하면 좋겠지만 그게 안 된다. 글을 쓰기 전의 나는 알코올중독자였다. 마시는 날보다 마시지 않는 날이 손꼽혔다. 이걸 알면서도 단번에 금주하기가 힘들었다. 매번 오늘까지만을 되뇌었다.

음주와 글쓰기는 닮은 점이 많다. 하지만 둘은 엄연히 다른 영역이다. 왜 술을 좋아하고 금주를 해야 하는지 알고 나니 나에 대해 이해할 수 있었다. 술을 마시며 허비하는 시간과 글을 쓰며 나아하는 방향은 다르다. 마음을 어디에 두느냐에 따라 미래가 달라진다. 성장에 의미를 두기로 했다. 지금은 하나만 팬다. 내가 한 약속을 지키고 싶다.

내 마음과 밀당을 한다. 다시 마시고 싶어? 아니, 지금 말고 나중에. 일단 글 먼저 쓰고 생각해 보려 한다. 글쓰기랑 멀어지게 되는 날 다시 술을 찾을지도 모른다. 그때까지 쓰면서 고민하기로 한다. 앞서 출간하는 날 생맥주 한잔 들이켤 날을 기다린다고 했다. 강한 내적 동기를 가지며 그날이 오기만을 손꼽아 기다린다. 혹여나 기간이 길어질지언정 손해 보는 일은 없다. 어떤 길을 택하더라도 쓰는 날은 계속 연장될 테니까. 현재의 마음이면 1년 뒤 5년 후의 미래는 달라지리라 믿는다. 다시 돌아가고 싶지 않다.

지금도 맥주 한 캔 홀짝거리며 자신을 위로하는 엄마들이 있을 것이다. 버텨 낸 오늘을 돌아보며 내일을 걱정하고 있을지도 모른다. 매일은 안 된다. 다음 날 괜히 마셨다는 생각이 반복된다면 줄이는 건 없다. 단칼에 끊어야 한다. 할 수 있다. 캔 대신, 소주잔 대신 볼펜을 들거나 키보드에 손을 얹는다. 다이어리를 펼쳐도 좋다. 오늘 하루 고생한 나에게 잘하고 있다고 끄적인다. 하고 싶은 것 하나만 적어 본다. 술과 글쓰기는 위로와 격려가 있다. 차곡차곡 쌓이다 보면 어느새 각자 다른 두 얼굴로 본모습을 드러낸다. 술이 나를 위로해 준다는 착각에 빠져서는 안 된다. 내일이면 고스란히 후회와 뱃살로 남을 것이다. 이제 술과 글쓰기의 공통점에 속지 않는다. 술독 대신 글독에 빠져 보려 한다.

7.
기록이 주는 일상이 이벤트

　쓰지 않을 땐 몰랐다. 오늘이 얼마나 소중한지를. 매일 반복되는 일상이다. 퇴근하면 아이를 봐야 했다. 직장 생활과 육아. 8년째다. 어린이집에 다니던 아이들은 이제 열세 살, 열다섯 살이다. 사춘기에 접어들었다. 이제 일일이 손이 가지 않는다. 예전엔 몸이 힘들었는데, 요즘엔 머리가 아프다. 이제 각자의 시간을 가져도 될 때가 왔나 보다. 글 쓰기 좋은 기회다.

　어느 순간 글쓰기에 빠져들어 일상을 놓치지 않기 위해 애쓴다. 하루하루가 소중한 날들의 연속이다. 마흔 이후의 시간은 속도가 배로 빨라진다. 똑같은 일상이라고 단정 짓기엔 아쉽기만 하다. 오늘이 없다면 내일도 없다. 다시는 돌아오지 않는 오늘을 한 줄이라도 기록한다. 아주 작은 일상이라도 남길 수 있게 되어 다행이다.

　기록하는 엄마는 성장한다. 나만을 위한 기록이 아니다. 남편과 아이들, 부모님, 시어머니, 직장, 친구들의 이야기도 소중하다. 그들이 없다면 나의 일상도 없는 셈이다. 매일의 생각과 느낌을 남길수록 오늘이 풍부해진다.

아직도 내 이야기를 써 내는 게 부끄럽다. 누가 뭐라 하는 이도 없는데 혼자 부끄러움을 자처한다. 그럼에도 적어 낸다. 쓰지 않으면 오늘은 물거품처럼 사라진다. 기록하지 않으니 당장 어제 일도 가물하다. 지금 내가 느끼는 생각과 감정을 쏟아 내다 보면 일상이 특별해진다.

다른 사람이 이벤트를 열어 주길 바랐다. 그런 날은 일어나지 않는다. 내가 만들면 된다. 결혼 16년 차에 남편에게 사랑한다고 말하기가 간지럽다. 이모티콘을 이용해 사랑을 표한다. 남편과 두 딸을 자주 안아 주려 한다. 시간을 같이 보낼 누군가가 필요하다면 내가 먼저 요청하면 된다. 기다리지 않는다. 누군가가 특별한 일을 만들어 주길 기다리고 있기엔 일주일이 하루가 너무 짧다.

생일, 기념일, 여행가는 날만 바라보기엔 기억되지 않는 오늘은 사라져 버린다. 오늘이 나에게 가장 소중한 날이다. 초등학교 때부터 일기를 썼다. 그때의 숙제는 일기였다. 의무적이었지만 남았다. 중고등학교에 다닐 때도 다이어리에 작게나마 그날 있었던 일을 적었다. 친구 만난 날, 시험 친 날, 짝사랑했던 오빠와 헤어진 날. 지나고 보니 즐거웠던 날과 슬펐던 날도 적었기에 기억할 수 있었다. 돌아서면 잊어버리기 일쑤다.

오늘 한 일 중 잘한 일과 못한 일을 기록하며 하루를 돌아본다. 잘한 일이 쌓일수록 뿌듯함이 쌓이고 못한 일은 반성하게 된다. 점점 쌓여 가는 운동 인증을 보며 스스로 잘하고 있음을 되뇐다. 저녁에 술을 마시고도 걸었다. 내가 잘 안다. 마셨지만 걸었다. 술 마신 건 인증하지 않지만 걷기는 남겼다. 못한 일을 들먹이면 죄책감만 일어난다. 잘한 일은 남기고 반복한다. 반복하니 습관으로 자리 잡았다.

퇴근하는 길이면 어김없이 슈퍼에 들러 맥주를 샀다. 안 사 오면 허전할 만큼 루틴이 되어 버렸다. TV를 보며 고생한 나에게 한 잔의 술로 위로를 건넸다. 녹아들었다. 글쓰기를 이어 오면서 이건 아니라는 생각이 들었다. 그 시간에 걷고 읽고 쓴다. 술의 위로에 속지 않으려 한다.

지금은 술 마시는 시간보다 쓰지 않으면 마음이 더 불편하다. 매일 만족스러운 글을 써 낼 수 없다. 그저 오늘의 일상이나 생각을 기록할 뿐이다. 나를 위한 시간이 더욱 진해져 간다. 흔들릴 때도 많다. 왜 흔들렸는지, 무엇 때문인지 묻고 답한다.

브런치스토리에 글을 쓰면 가뭄에 콩 나듯 다음 메인에 올려 줄 때가 있다. 그때 기분이란 이루 말할 수 없다. 잘하고 있다고 이렇게 쓰면 된다고 인정받는 기분이다. 일상에 소소한 기쁨을 안겨 준다. 썼기에 가능했다. 혼자 보는 글이었다면 일어나지 않을 일이다. 소소한 나의 글을 세상 밖으로 공개했더니 공감해 주고 응원도 받는다. 글쓰기를 이어 가기에 이만한 도구가 없다. 내 글이 쌓이고 있다. 눈으로 보이는 글의 개수가 나를 지탱해 준다.

사람 마음이란 게 참 간사하다. 글 떴다고 마음이 붕 뜰 땐 언제고 이내 글이 보이지 않을 땐 언제 그랬냐는 듯 가라앉는다. 다음에 더 잘 쓰고 싶은 욕망이 스멀스멀 올라온다. 평범한 일상을 글로 써 냈더니 마음이 요동친다. 쓰지 않았다면 긴장되거나 설레는 일은 일어나지 않는다.

손웅정 작가가 말하길 골을 넣어 경기에 승리하더라도 그 순간 자만하지 말고 다음 경기를 준비해야 한다고 했다. 파도가 한번 크게 치더라도 일희일비하지 말고 다음 글에 집중해야 한다.

내일은 또 어떤 글감으로 요리를 해 볼까 상상한다. 내 손으로 직접 만들어 먹는 요리는 자신이 없다. 재료를 사다 놓고 한번 먹고 나면 냉장고에 들어가 나올 생각을 안 한다. 버리기 일쑤다. 글감은 썩지 않는다. 고이 모셔 두었다. 언제든 꺼내어 다른 글감이랑 만나 멋진 요리를 완성한다. 평생토록 우려먹을 수 있는 글감을 모아 이야기로 요리한다.

일상을 글로 써 낸 경험들이 켜켜이 쌓인다. 불꽃처럼 반짝이는 하루를 만들어 낸다. 글을 쓰다 보면 '이렇게 쓰는 게 맞나'라는 의문을 자주 가지게 된다. 이제는 의심의 불씨가 아닌 확신의 불씨를 키워 보려 한다. 나의 이야기를 남기면 하루가 달라지고 미래가 달라진다. 나를 위한 이벤트를 누구에게 맡기지 않는다. 기대하면 실망하게 된다. 바랄수록 더 바라게 된다. 누군가가 해 주길 바라는 이벤트가 아닌 특별함은 스스로 만들어 낸다. 특별함은 기록에서 온다. 일상이 소중한 이유다. 써 내면 특별해지고 남기면 소중해진다. 기록이 주는 일상이 이벤트다.

8.
동기와 함께 동기를 키워요

[슬초브런치1기]는 처음으로 함께 글쓰기를 시작한 동기들이다. 22년 11월 이때만 해도 브런치스토리의 이름은 그냥 브런치였다. 먹는 건 줄로만 알던 브런치에서 글이란 걸 쓰게 될 줄이야. 이은경 선생님의 [브런치프로젝트2022]를 통해 모이게 되었다. 프로젝트에 신청한 참가자는 이백여 명이 훌쩍 넘었다. 줌 수업으로 강의를 들으며 브런치 작가가 되기 위해 과제도 열심히 냈다. 이때부터 남다른 속도를 보이는 동기도 있었다. 이미 글을 써 왔던 것처럼 과제도 금방 내고 작가 신청도 단번에 붙는 경이로움을 보여 주었다. 나는 과제도 겨우 완성하느라 정신이 없었다. 시간이 지날수록 너도, 나도 합격 소식이 전해졌다. 몇 번의 피드백을 통해 턱걸이하듯 6수 만에 합격 통보를 받았다. 심장이 두근대고 눈시울이 붉어졌다. 같이 기뻐해 주는 동기들이 있어 행복은 배가 되었다. 작가만 되면 글이 술술 적힐 줄 알았나 보다. 그런 일은 없었다. 다시 시작이었다.

이백 명이 넘는 줌 수업이라 서로의 얼굴은 알지 못했다. 수업에 집중하랴, 연예인 보듯 이은경 선생님 얼굴만 뚫어져라 보고 있었다. 작가가 되는 것보다 선생님을 직접 보고 싶어 신청한 덕질에 가까웠다. 그럼에도 지금까지 쉬지 않고 글을 쓰고 있다는 것이 놀랍다. 혼자였다면 벌써 포기했을지도 모른다. 글을 발행하면 동기들은 공감과 댓글로 응원을 해 주었다. 초보 작가에게 응원이란 글을 쓸 수 있는 원동력이 된다. 아직도 그렇지만 내 글에 확신이 없을 때라 라이킷 하나하나가 감사했다. 글로 소통하고 단톡방에서도 이야기는 이어졌다. 혹여나 누군가의 글이 다음 메인이나 인기 글에 떴을 시 누구보다 빠르게 캡처하여 알려 주었다. 누가 먼저랄 것도 없이 축하 이모티콘 행진이 이어진다. 이미 책을 출간한 작가도 있었다. 질투도 났다. 나만 제자리에 있다는 생각도 들었다. 함께이기에 느낄 수 있는 감정이었다. 부러움에서 끝나면 발전은 없다. 부러우면 써야 했다. 쓰기 위해 모인 자리다. 계속 써야만 했다.

1년 동안 동기들과 단톡방에서 글로 소통을 이어 가던 중 드디어 오프 모임이 결정되었다. 이은경 선생님의 주최로 진행되었다. 만나는 날까지 백 편의 글을 쓰라는 임무가 있었다. 지키고 싶었다. 일주일에 한두 편 쓰던 글은 뒷심을 발휘하여 1일 1글도 써 냈다. 만나기 50일 전에 여유 있게 백 편을 완성했다. 스스로도 신기했다. 이게 되는구나. 선생님의 말 한마디에 움직이는 내가 있었다. 백 편의 약속을 지켜 낼 수 있어 다행이고 뿌듯했다.

오프 모임은 [브런치프로젝트2기]까지 함께 모이는 자리였다. 모임 때 1기 동기들을 쉽게 알아보기 위하여 빨간색으로 포인트를 주기로 했다. 만나기 전 두 번의 줌 수업 특강을 하던 날이었다. SNS를 통해 얼굴을 미리 알던 작가도 있었고 대부분은 처음 보는 얼굴이었다. 그런데도 익숙한 작가의 필명을 보는 순간 화면에서 눈을 뗄 수 없었다. 미리 빨간색 옷을 입고 수업에 참여하는 작가도 있어 눈에 바로 들어왔다. 나도 빨간색 목도리를 둘렀다. 수업이 끝났음에도 화면 밖으로 나갈 수 없었다. 그동안 글로 소통하며 지내 온 작가들과 한 명씩 눈을 마주쳤다. 지나온 시간이 생각나 눈가가 뜨거워졌다. 그렇게 한참을 아무 말 없이 바라보았다. 내일이 오기만을 기다렸다.

프로지방러가 될 줄이야. 사십이 넘도록 서울에 발 한번 들여 놓을 일이 없었다. 오라는 이도 가라는 이도 없었다. 글 때문에 서울을 가게 될 줄은 꿈에도 몰랐다. 토요일, 근무하는 날이라 지레 포기할 뻔했다. 가고 싶었다. 이은경 선생님도 전국 각지에 사는 동기들도 지금 아니면 다같이 볼 기회가 없을 것 같았다. 다행히 실장님의 배려로 무사히 기차표를 끊을 수 있게 되었다.

서울 가는 기차 안에서 빨간 목도리 사진과 함께 브런치에 글을 올렸다. 실시간 댓글로 소통했다. 그때를 생각하면 아직도 설렌다. 이렇게 시작하는 거다. 한번 발 들이기가 겁나지 두 번 세 번 못 갈까. 평생 우물 안 개구리로 살 뻔했다. 마흔 넘은 아줌마가 글을 쓴 덕분에 서울까지 진출(?)하게 되었다.

지금 내가 가는 곳은 단순 서울행이 아니다. 나와 같은 꿈을 꾸고 나와 같은 미래를 상상하는 든든한 글 동지를 만나러 간다. 우리 모두의 바람이 있는 그곳으로.

함께 하면 오래간다. 같은 꿈을 꾸는 사람들이 있는 곳으로 나를 밀어 넣는다. 혼자였다면 1년도 채 가지 못했을 것 같다.

브런치 작가가 되고 1년 8개월이 지난 현재 단톡방 인원은 147명이다. 시작은 다 같은 마음이었지만 글을 계속 쓰기란 쉽지 않다. 단톡방을 나간 이는 말이 없으니 하차한 이유는 알 수 없다. 극내향인인 나지만 단톡방은 나갈 수 없다. 말수는 없으나 대화 내용은 놓치지 않는다. 축하할 일은 빠르게 손가락을 움직인다.

글쓰기로 모였지만 다른 분야에도 관심이 많았다. 미라클 모닝, 운동, 다이어리 쓰기, 독서 모임 등의 소모임으로도 나뉘었다. 그중 운동을 택했다. [애들아 운동하자] 방에서 매일 운동을 인증한다. 다른 작가들은 요가, 홈트, 수영, 복싱 등 다양한 종목을 올린다. 운동을 쉬는 날이 있었는데 유독 그날은 다른 작가들의 인증이 줄지어 올라온다. 그런 날은 내일은 꼭 운동을 해야겠다고 마음을 먹게 된다. 초반에 매일 만 보 인증을 했다. 어느 날 달리기에 눈길이 갔다. 평소 뛰고 싶다는 생각은 했지만 미루고 있던 참이었다. 처음부터 욕심부리지 않았다. 3킬로미터는 달릴 수 있을 것 같았다. 인증만 하면 엄지 척 이모티콘을 누른다. 그 작고 앙증맞은 손가락이 뭐라고 힘이 난다. 걷기든 달리기든 꾸준히 인증할 수 있었다.

관심 분야가 있다면 어디든 함께하기를 권한다. 같이의 힘은 앞으로 나아가게 해 준다. 글쓰기든 운동이든 아무리 내가 좋아서 시작했더라도 하다 보면 지치고 하기 싫을 때도 있다. 나 혼자만 아등바등 힘든 게 아니다. 쉬다가도 옆에서 파이팅 하면 또 해야겠다는 생각이 든다. 다른 사람이 지쳐 있을 땐 나라도 힘을 내어 움직인다. 꼭 이렇게 저렇게 해야 한다고 말하지 않는다. 그저 옆에서 지켜보는 것만으로도 힘이 된다. 무작정 쉬어서만은 안 된다. 꾸준한 모습은 자랑이 아닌 서로에게 자극이 된다. 동기와 함께 동기를 키우는 확실한 방법이다.

9.
브런치가 곧 나의 무대

브런치 작가가 되고부터 자주 기록하려고 애쓴다. 적지 않으면 뭐부터 써야 할지 고민하게 된다. 작가의 서랍도 뒤적여 보지만 늘 빛을 발하지는 못한다. 하루하루가 고민의 연속이지만 너무 괴롭지만은 않게 이어 나가려 한다. 나 좋아서 시작한 일이 오히려 얽매이면 안 되니까. 생각만 하다 보면 글쓰기 창을 열기가 꺼려진다. 점이라도 찍어 놔야 다음을 이어 갈 수 있다. 이거 먼저 해 두고 좀 있다. 써야지. 몇 시부터 적어야지 하다 보면 어느새 저녁이고 밤이 된다. 하루는 금방이다.

점심을 먹고 등 따습고 배부르니 눈이 스르르 감긴다. 그래 이십 분만 감고 있자. 새벽 기상도 물 건너가서 잠이 부족한 것도 아닐 텐데 점심시간 잠깐의 달콤한 유혹을 헤어 나오지 못했다. 기어이 단잠에 빠졌다. 꿀맛 같은 휴식을 보내고 나면 자동으로 힘이 날 것만 같았다. 어떤 일을 줘도 다 받아 주겠다며 벌떡 일어나기만 하면 된다. 몸은 쉬었는데 정신도 계속 쉬고 싶단다. 나른하고 몽롱한 상태가 이어진다. 만사가 귀찮아졌다. 머가 중요한지 우선순위가 없는 요즘이다. 초심은 언제든지 들쑥날쑥하다. 독서도 글쓰기도 집중되지 않고 손에 잡히는 대로 하다 말다 어딘가에 홀린 것 같다. 오늘내일이면 2023년도 안녕이다. 2024년 의 새로운 안녕을 위해 지금을 잘 마무리 짓고 싶다.

아침에 눈을 뜨는 순간부터 잠자리에 누워서까지도 글감은 차고 넘친 다. 단지 내가 붙잡고 늘어지지 못했을 뿐이다. 그럴 때 또 고민한다. 이 걸로 글이 이어질 수 있을까. 결론을 꼭 내고 싶었다. 결론 없는 하루가 될 수도 있는데 앞으로의 삶을 자꾸 결론부터 내려 한다. 내가 쓰고 싶 은 글이 이게 맞나라는 의심이 또 줄을 지어 문을 두드린다. 결론 없는 글을 쓰고 싶었다. 쓰는 과정만으로도 잘하고 있으니까. 반나절 동안 오 며 가며 틈날 때마다 읽기만 했다. 분명 쓸 시간도 있었다. 내 이야기를 궁금해하지 않고 다른 사람의 이야기에 더 귀 기울이고 염탐할 때가 있 다. 오늘도 쓰고 내일도 쓰려면 나와 더 친해져야 한다. 내가 하고 싶은 이야기에 귀 기울이려고 한다. 지금 쓰는 이유가 내가 살아가는 이유가 될 수 있기를 바란다.

밥은 먹고 살아야지. 하루라도 끼니를 거를 순 없다. 밥 먹고 나면 설 거지는 누가 하나. 돌아서면 컵은 또 왜 이렇게 쌓이는지. 식기세척기가 (없다) 할 수도 있지만 사람 손은 한 번은 거쳐야 한다. 설거지하는 게 그 리 달갑지만은 않다. 쌓여 있는 그릇을 보니 정렬되지 않은 게 쓰다 만 문장 같다. 일단 시작한다. 음식물 찌꺼기를 뽀득뽀득 씻어 내어 마무리

된 걸 보면 그렇게 개운할 수가 없다. 설거지를 끝낸 후 개운한 느낌이 글쓰기를 발행한 후와 같다. 다음 날이면 어김없이 식사하고 다시 설거지한다.

반드시 해야 할 일이 있고 오늘 굳이 끝내지 않아도 될 일들이 있다. 밥 먹고 설거지는 꼭 해야 한다. 자주 미루어서 뜨끔하지만, 하루만 지나도 냄새가 난다. 글은 쓰지 않는다고 냄새가 나거나 어떻게 되는 일은 없다. 아무도 모른다. 가끔 내 마음조차도 모를 때가 있다. 작가라는 마음을 굳게 믿고 써 내려간다. 작가는 쓰는 사람이다. 쓰려고 작가 신청을 했다. 쓰는 마음을 유지하기엔 에너지가 필요하다. 늘 생각해야 한다. 안 쓰더라도 읽어야 하고 읽지 않더라도 오늘 있었던 일을 되돌아보기라도 해야 한다.

설거지는 해야 하고 해야 한다면 내가 해야 한다. 아니다. 내가 안 하면 남편도 하고 정말 게으를 땐 친정엄마도 한다(나밖에 할 사람이 없다고 적고 싶었지만, 많이 찔리기에). 돌고 돌아 씻은 그릇을 정리할 사람은 역시나 나뿐이다(이건 맞다). 글쓰기도 같다. 정말 하기 싫을 때도 있고 어쩌다 가끔 아이들 덕분에 글감이 생기긴 하지만 결국 시작과 마무리는 내 손을 거쳐야 한다. 설거지하듯 글을 써야 하는 이유다. 나는 연식만 16년 된 아직도 어설픈 주부에 2년도 안 된 초보 작가니까. 살림도 글쓰기도 매일 조금씩 하다 보면 늘 거라고 믿고 싶다. 아직 갈 길이 만 리다. 철들고 싶은 마음도 없다. 철이 들면 시작하고 싶은 마음이 사라져 버릴 것 같다. 마음은 늘 잘하고 싶지만, 욕심만 가득 낸다면 오히려 탈이 난다. 한 번에 이것저것 하지 못한다. 일단 하나씩만 물고 늘어져 본다. 지금은 글쓰기와 절친이 되고 싶다. 글쓰기가 내 밥줄이 되진 않지만 반찬 줄이라도 되는 그날까지 매일 설거지하는 마음으로 씻고 헹구어 물기가 빠지면 예쁘게 정리해 놔야겠다.

미미하지만 구독자가 한 명씩 늘고 있다. 어떤 의미가 있냐 하면 내 글을 읽고 싶다. 당신은 어떤 생각으로 일상을 살아가고 있는지 네 삶이 궁금하다. 앞으로의 이야기가 기대된다. 그런 의미다. 아직 초보 작가다. 이제 막 세상 밖으로 내 이야기를 조금씩(어떻게 보면 열렬히) 들이밀고 있다. 글 하나하나가 모여 나란 사람이란 걸 알린다. 내가 겪은 일은 맞지만, 또 그 하나로만 낙인찍힐까 봐 얼른 다음 이야기를 진행한다. 저는 이런 생각도 하고요. 저런 생각도 하는 사람이에요. 무지개 색깔만큼이나 다양한 이야기를 하고 싶다. 반면 기대만 했던 글이 아닌 내가 하고 싶은 이야기가 곧 기다렸던 글이기를 바란다.

매일 똑같은 장소에서 똑같은 사람을 만나고 똑같은 길을 걷는다. 그 와중에 매일 새로운 글을 써 내야 한다는 부담감이 짓누르지만, 그 덕분에 하나를 보거나 한마디를 듣더라도 한 번 더 의미를 곱씹게 된다. 매일의 같은 상황이 안정감을 주지만 그렇다고 제자리만을 맴돌고 싶진 않다. 작은 꿈틀거림이 앞으로 나아가게 만든다.

가끔 생각나는 대로 작가의 서랍에 자동 저장이 되었으면 한다. 생각하는 속도만큼 이놈의 손가락이 제 역할을 하지 못할 때가 있다. 쓰는 속도가 생각을 따라가지 못한다. 적으면서 깜박한다. 아직 더 써 내려가야 할 길이 먼데 마침표 하나로 모든 걸 맺음 짓고 싶지 않다.

글을 쓰다 보면 혼자 북 치고 장구 치고 가끔 번뜩이는 글감으로 꽹과리도 쳐 준다. 술술 써지는 날은 풍악을 울려야 한다. 쓰고자 하는 내용이 명확해지기라도 한다면 사물놀이 공연하듯 내 세상이 펼쳐진다. 단 한 명의 관객이더라도 미리 준비해 놓은 공연은 진행될 수밖에 없다. 와서 봐 주시면 감사하고 봐 주지 않더라도 멈출 수 없다. 오늘은 지날 테고 내 삶도 지나 버린다. 그냥 흘러가게 내버려 두고 싶지 않다. 지금은 다시 오지 않으니까. 점이라도 찍어 두고 싶은 오늘로 남기고 싶다.

글을 쓰는 목적은 누군가에게 가치를 전달하기 위해서지만 결국은 나를 위해 쓰는 거다. 내 만족이 커야 글도 지속해서 쓸 수 있다. 매일의 일상은 늘 한결같지만, 그 속에서 찐 행복을 찾아낸다. 쓰면 찾을 수 있다. 쓸 수 있는 시간이 주어지는 것마저도 감사하다. 구독자가 늘어나든 정체하든 글을 쓰는 마음 하나는 줄어들지 않도록 한다. 브런치라는 무대에서 내려오고 싶지 않다. 오늘의 제목이 심장을 두근거리게 한다. 내무대는 내가 만든다. 브런치가 곧 나의 무대이다.

10.
자이언트에서의 새로운 시작

23년 6월 운명처럼 책을 쓸 기회가 온 줄 알고 설레었다가 고액의 비용으로 포기한 적이 있다. 그 뒤로 책 쓰기는 포기해도 글쓰기만은 놓치지 않겠다고 결심했다. 그러던 어느 날 브런치스토리에서 글장이라는 필명으로 나를 구독한 작가가 있었다. 글장이? 어떻게 하면 글을 더 잘 쓸 수 있을까 고민하던 때라 필명부터 눈에 띄었다. 글장이 작가는 하루 한편은 물론 하루 세 편도 발행하였다. 그야말로 글을 술술 써 나갔다. 두 달여 동안 매일 글을 읽었다. 손이 닿지 않는 가려운 부분까지 긁어주었다. 글쓰기, 책 쓰기 강의를 해 주는 강사였다. 읽으면 읽을수록 빠져들었다. 감옥이라는 단어와 막노동, 알코올중독자, 전과자, 파산자까지 읽을수록 신선하고 궁금했다. 과거 경력이 화려하다. 이상한데 끌렸다. 과거와 상관없이 현재가 중요했다. 무료 책 쓰기 수업을 개강한다는 말에 신청하였다. 두 번의 무료 수업을 들은 후 더는 미루면 안 될 것 같았다. 등록하기로 했다. 300만 원이라는 수강료가 부담되었지만 나를 위한 평생 학원을 등록한다 생각하니 그리 아깝지만은 않았다. 마침 연

말이라 할인도 해 주었기에 이때를 놓쳐선 안 되겠다 싶었다. 다시 책을 쓸 수 있겠다는 불씨가 지펴졌다. 한 권의 책으로 끝나는 것이 아닌 평생 무료 재수강이 눈에 꽂혔다.

글쓰기에 관심이 있던 중 도서관에서 우연히 읽은 책이 있었다. 이은대 작가의『책 쓰기』였다. 이때도 단호하고 분명한 어조로 글쓰기에 대해 뼈를 맞은 기억이 있다. "쓰기는 싫고 작가는 되고 싶다. 그냥 쓰세요! 닥치고 쓰세요!" 이제 와 생각해 보면 이때부터 인연이 되려고 이끌렸는가 보다.

23년 10월 25일 119기로 〈자이언트 북 컨설팅〉에 입과 했다. 11월부터 글쓰기와 문장 수업은 빠지지 않았다. 매주 2회 수업을 들으면서 글은 쓰고 있지만 막힐 때도 많았다. 수업만 듣는 것은 공부가 아니었다. 수업에서 들은 내용으로 글쓰기에 적용해야 하는데 막상 쓰려니 쉽지 않았다. 글을 써야 진짜 내 것이 되는 거였다. 쓰면 쓸수록 더 잘 쓰고 싶은 마음이 앞섰다.

〈자이언트 북 컨설팅〉에는 이미 출간한 작가만 600호가 넘는다. 초고와 투고까지 진행 중인 작가들도 많다. 매일 읽고 쓰는 삶을 실천하고 있는 곳이다. 나도 이곳에 오기까지 독서와 글쓰기를 병행하였다. 자이언트 작가들은 읽고 쓰는 것이 삶 그 자체로 보였다. 그에 비해 나는 글 한 편 써 내는 것만으로도 만족하고 뿌듯했다.

예비 작가 단톡방에서는 자주 출간 소식이 이어졌다. 비교의 마음은 언제든지 올라왔다. 나도 언젠가 내 이름으로 된 책이 나올 것만 같은 막연한 기대만 커졌다. 그럴 때마다 강사님은 태도에 관해 늘 강조하였다. 작가는 책 한 권 급하게 써 내는 것이 다가 아니다. 한 권 내고 잠적하는 작가들도 많다. 자기만의 철학과 신념을 가지며 비교하는 마음 내려놓고 그냥 내 길을 가야 한다고 했다. 출판은 내가 글을 쓰다가 만나는 부수적인 성과물이며 삶으로 보여 주는 작가가 되라고 하였다.

꾸준히 걷고 읽고 쓰면서 조금씩 성장해 나가는 모습을 보여 주고 싶었다. 뭐라도 남겨야 했다. 이제 겨우 글이란 걸 써 낸 지 2년도 안 된 초보 작가다. 초보라는 단어만 믿고 막 써 낼 수 있었다. 지금은 배우는 단계니 잘 쓰는 것보다 일단 내어놓는 것에 중점을 두었다. 한 편의 글이 차곡차곡 쌓이다 보니 하고 싶은 말이 생겼다. 글을 쓰기 시작하면서 생긴 변화가 나조차도 낯설게 느껴진다. 금주한 지 300일이 넘었고 입이 심심할 때마다 마셔댔던 커피 믹스도 끊은 지 7개월이 넘었다. 출판 계약을 할 무렵 생각만 했던 10킬로미터를 완주하는 기록도 세웠다. 모든 게 글쓰기를 하며 이뤄 낸 성과다. 글도 쌓이고 성취감도 나날이 쌓여 간다. 머릿속으로 늘 생각하고 있었던 것이 글을 쓰면서 확고해졌다.

과제를 하며 글쓰기 연습을 하라고 했다. 지금껏 브런치에 써 둔 글을 모아 과제를 내기로 했다. 제목과 목차를 받는 것만으로도 벅찼다. 정말 내 책이 세상에 나올 것만 같았다. 벅찬 순간도 잠시 A4용지 기준으로

약 1.5매~2매라는 공간을 채워 나간다는 건 생각보다 더 높은 벽이었다. 잘 쓰기 위해 잘 살고 싶었다. 써 내는 모든 글이 초고였다. 오늘 한 편 써 낸 글이 모여 출간이란 꿈을 꿀 수 있었다.

　자이언트에는 매주 문장 수업을 진행한다. 초고를 써낸 작가의 글을 뽑아 점점 나아져 가는 과정을 실시간으로 보여 준다. 고치면 고칠수록 나아져 가는 글을 볼 때마다 놀랍다. 들을수록 조금씩 귀에 들리는 것 같아 재미도 더해진다. 보는 것과 직접 해 보는 것은 극명하게 다르다. 처음부터 다 알아들었으면 벌써 책 몇 권은 내었겠다. 하나씩 써가면서 내 것으로 만들어 간다. 학창시절 국어 시간에 이렇게 집중해서 들었으면 벌써 뭐라도 됐을 것만 같다. 내가 쓴 글이 선정되었을 때는 그렇게 쫄깃할 수가 없다. 수업을 들을 땐 이해가 되다가도 직접 써 보면 생각만큼 술술 써지지 않았다. 부단한 노력이 필요하다.

　글을 잘 쓰기 위해 수업을 듣는 것도 중요하지만 왜 글을 써야 하는지 어떤 작가가 되고 싶은지에 대해 생각해 보라고 하였다. 수강생이야 수업 한번 빠진다고 무슨 일이 일어나지 않지만, 수업을 진행하는 강사는 빠질 수 없다. 책임감이다. 독자에게 하나라도 도움이 될 만한 메시지를 주어야겠다는 의무감도 생긴다. 이런저런 핑계만 대는 글은 쓰지 말아야겠다. 글쓰기 수업은 쓰고자 하는 마음이 흔들리지 않도록 해 주는 동기부여와 살아가는 태도를 함께 배우는 인생 수업이다.

책을 쓰겠다고 마음은 먹었지만 잡히지 않는 꿈만 같았다. 꿈만 꿀 수는 없었다. 〈자이언트 북 컨설팅〉에 입과 한 후 2개월 만에 과제를 내고 6개월 동안 초고를 썼다. 고민하며 안절부절못할 시간에 지금 글을 쓰며 나에게 집중했다. 초고만 쓰지 않았다. 원고를 쓰다가도 현재 생각나는 글감이 있으면 브런치스토리에 글을 발행하였다. 조급한 마음 내려놓고 일상의 이야기도 기록했다. 평소에 글을 쌓아 두면 언젠가 또 다른 초고가 될 수 있기 때문이다.

매일 무엇을 쓸지 고민하는 시간이 힘들지만 설레기도 한다. 하루하루가 소중해 꼭 잡아 두고 싶은 일상을 기록한다. 출퇴근하는 시간, 하루가 다르게 커가는 아이들, 언제나 든든히 옆을 지켜 주는 남편, 그리고 기록하는 나. 모두가 소중하다. 그 모든 것을 지키기 위해 글을 쓰기로 한다. 평생 수강의 의미를 다시 한번 되새기며 이곳에서 지금껏 꿈꾸지 못한 두 번째 삶을 시작한다.

마치는글

엄마가 되면 누구보다 내 아이를 잘 키우고 싶어진다. 보고만 있어도 예쁘고 사랑스럽다. 언제까지 아이만 바라보고 있을 수는 없었다. 어느 덧 사춘기가 된 아이에게 무언가를 바랄수록 더 멀어질 뿐이다. 실수해도 괜찮으니 본인이 할 수 있는 일은 스스로 할 수 있도록 기다려 준다. 이제 아이에게 쏟아부었던 사랑 나에게 주려 한다. 결국은 나와 잘 지내야 한다. 평범한 일상에서 아주 작은 성취감을 켜켜이 쌓아 오며 나를 키워 낼 수 있었던 방법을 소개해 보고자 한다.

첫째, 운동 인증하기.
어떤 운동이든 내가 좋아하는 걸 해야 한다. 그래야 꾸준히 할 수 있다. 좋아하는 걸 찾지 못했다면 걷기를 추천한다. 비용도 들지 않으며 언제 어디서든 쉽게 할 수 있다. 이왕이면 나무가 많은 공원이면 좋겠다. 처음부터 만 보 걷기가 목표는 아니었다. 각자 환경이 다르고 체력도 다르다. 내가 정한 목표가 중요하다. 하루 오천 보로 정했다면 이제 운동화만 신고 나가기만 하면 된다. 아침이든 저녁이든 나에게 맞는 시간에 걷는 게 우선이다. 어느 순간 나도 모르게 더 걷고 싶은 나를 발견할 수 있다. 걷다 보면 달리고 싶어질지도 모른다. 나처럼. 힘든 만큼 뿌듯함은 배로 다가온다. 매일 쌓여 가는 인증을 보며 나도 무언가 끈기 있게 해 나갈 수 있다는 자신감을 가지게 되었다. 내 몸 내가 움직여 내는 땀이 가치 있다. 몸 건강은 물론 정신 건강은 덤이다.

둘째, 글쓰기. 브런치 작가 도전하기.

쓰는 사람이 아니었다. 학창 시절 제일 싫어하던 활동이 글쓰기였다. 나와 상관없는 일이었다. 워킹맘이 되어 자발적 글쓰기가 시작되었다. 블로그와 SNS에 짧은 글을 남기며 쓰고자 하는 작은 불씨를 키우고 있었다. 작가가 된 이후 누구도 나에게 글을 쓰라고 강요하지 않았다. 나를 믿고 써야만 했다. 나에 대해 생각하는 시간을 파고들었다. 하루하루 시간 가는 게 너무 아까웠다. 글로 오늘을 붙잡아야 했다. 잘 쓰고 싶지만 그런 일은 거의 없었다. 오늘 커피 마신 이야기, 걷고 달린 이야기, 시어머니가 다녀간 일상을 적었다. 당연한 일상이 아니기에 오늘이 점점 소중해진다. 글을 쓰면 자주 다짐을 하게 된다. 그 마음이 쌓이면서 글을 이어 올 수 있었다. 6수 만에 합격하고 모른 척할 수 없었다. 어려우니 더 의미 있는 법이다. 틈틈이 끄적이며 이어 나갔다. 브런치스토리. 이곳에 하루에도 몇 번이나 문지방 닳도록 드나든다. 글쓰기의 성지인 곳. 평범한 사람들의 세상 사는 이야기에 감동이 있다. 같이 쓰고 싶어진다. 내 이야기가 하고 싶어진다. 나라는 사람이 쌓여 간다. 한 편의 글들이 모여 있었기에 책 쓰기에도 도전할 수 있었다.

셋째, 꾸준한 동기부여와 동기 만들기
무슨 일이든 내가 좋아서 시작했지만 매일 매 순간 좋을 순 없다. 열심히 하다 보면 슬럼프가 오기도 한다. 매일 마주하는 행복한 시간도 나도 모르게 당연한 일상이 되어 버린다. 감사도 지루함도 내가 느끼는 감정이다. 어떻게 생각하고 행동하느냐에 따라 내일이 달라진다. 운동이든 글쓰기 모임이든 같은 분야에 관심이 있는 동기들과 함께하기를 권한다. 나만 힘든 게 아니며 같은 고민을 하고 같은 목표를 향해 나아간다. 마흔이 넘으면 운동은 선택이 아닌 필수다. 안 하면 당장은 편하다. 며칠 쉬고 싶은 마음이 들더라도 여전히 운동 인증을 올리는 동기들을 보며 다시 일어선다.

내가 생각하는 가장 난이도 높은 자기계발은 새벽 기상이다. 새벽 기상을 해야지만 성공한다는 보장은 없지만 성공하는 사람 중에 새벽 기상을 하지 않는 사람은 드물다. 나도 그들의 대열에 합류하기 위해 노력했다. 22년도에 모닝 쨱쨱을 외치며 새벽 5시에 기상한 경력이(?) 있기에 좋다는 걸 안다. 여전히 도전 중이다. 내가 하지 못하는 것보다 좋아하는 것에 집중한다. 걷기는 꾸준히 해 왔다. 내가 직접 해 보고 좋다는 경험이 있다면 옆에서 뜯어말려도 계속하게 된다. 시도하고 경험한다. 꾸준히 하면 내 것이 된다. 걷기를 먼저 습관으로 만들고 쓰는 일상을 덧붙였다. 걷기와 쓰기는 내 삶의 버팀목이 되었다. 마음 가는 곳에 길이 있다. 자기계발은 하고 싶은데 무엇을 어떻게 시작해야 할지 고민하는 사람들을 위해 쓰고 싶었다. 무엇이든 잘하면 좋겠지만 좋아하는 게 우선이다. 좋아하는 게 없다면 조금이라도 관심 있는 것부터 시작해야 한다. 관심도 없다면 걷기를 추천한다. 다른 운동보다 무엇보다 경제적이며 몸도 마음도 건강해지는 지름길이다. 얻는 게 더 많다. 몸을 움직이다 보면 에너지가 생긴다. 사계절을 온전히 느낄 수 있다. 무언가 해 보고자 하는 의욕이 생긴다.

내가 한 것은 물고 늘어지기다. 걷기도 읽기도 쓰기도 한번 물면 놓치지 않는다는 마음으로 이어 오고 있다. 쓰지 않는 날은 읽고, 읽지 않는 날은 걸었다. '했다'라는 성취감이 '또 하고 싶다'로 이어진다. 남이 아닌 내가 나를 인정해 주는 마음으로 나아간다. 24년 10월 13일이면 금주한 지 1년이다. 내 이름이 새겨진 책을 손에 쥐는 날까지 금주하는 게 목표였다. 출간하는 날 생맥주를 목이 쓰라리도록 마실 예정이었다. 얼마 남지 않았다. 나와 한 약속을 지킨다는 것. 꽤 멋진 일이다. 그리고 다음 목표를 정할 것이다. 내가 사랑하는 가족들과 나를 관찰하고 하루를 돌아보며 오늘을 기록해야지. 늘 하던 거 하면서.

.

　　현실 엄마, 브런치로 나를 키우다